A
VERDADE
SOBRE
CECI

Editora Appris Ltda.
1ª Edição - Copyright© 2024 da autora
Direitos de Edição Reservados à Editora Appris Ltda.

Nenhuma parte desta obra poderá ser utilizada indevidamente, sem estar de acordo com a Lei nº 9.610/98. Se incorreções forem encontradas, serão de exclusiva responsabilidade de seus organizadores. Foi realizado o Depósito Legal na Fundação Biblioteca Nacional, de acordo com as Leis nºs 10.994, de 14/12/2004, e 12.192, de 14/01/2010.

Catalogação na Fonte
Elaborado por: Dayanne Leal Souza
Bibliotecária CRB 9/2162

B248v 2024	Barel, Natália A verdade sobre Ceci / Natália Barel. – 1. ed. – Curitiba: Appris, 2024. 224 p. : il. ; 23 cm. ISBN 978-65-250-6401-7 1. Romance. 2. Doenças mentais. 3. Transtorno obsessivo-compulsivo. I. Barel, Natália. II. Título. CDD – B869.93

Editora e Livraria Appris Ltda.
Av. Manoel Ribas, 2265 – Mercês
Curitiba/PR – CEP: 80810-002
Tel. (41) 3156 - 4731
www.editoraappris.com.br

Printed in Brazil
Impresso no Brasil

NATÁLIA BAREL

A
VERDADE
SOBRE
CECI

Curitiba, PR
2024

FICHA TÉCNICA

EDITORIAL	Augusto V. de A. Coelho
	Sara C. de Andrade Coelho
COMITÊ EDITORIAL	Marli Caetano
	Andréa Barbosa Gouveia (UFPR)
	Edmeire C. Pereira (UFPR)
	Iraneide da Silva (UFC)
	Jacques de Lima Ferreira (UP)
SUPERVISOR DA PRODUÇÃO	Renata C. Lopes
PRODUÇÃO EDITORIAL	Sabrina Costa
REVISÃO	Cristiana Leal
DIAGRAMAÇÃO	Amélia Lopes
CAPA	Mateus Porfírio
REVISÃO DE PROVA	Sabrina Costa

Para todos aqueles que já questionaram suas verdades,
um acalento da dualidade.
E para o Nathan da vida real, que conheci ou não.
Espero não ter sido sua Ceci.

Nota da autora

Pode conter spoilers*

Olá, caro leitor!

A fim de evitar conflitos e dúvidas, sinto a necessidade de salientar algumas coisas antes da sua leitura.

Primeiramente, gostaria de agradecer à minha tia e psicóloga, pelos esclarecimentos a respeito do diagnóstico de meu protagonista.

Em segundo lugar, acho importante destacar que as manifestações da condição psíquica de Nathan não são, de forma alguma, uma régua para medir outros de mesmo diagnóstico. A mente humana é tão ampla e complexa quanto se é capaz de imaginar, e seria impossível estender seus comportamentos a todo ser sob os mesmos transtornos psicológicos.

Cada indivíduo deve ter não só uma medicação específica (se for o caso), mas também atendimento especializado. Nathan é um personagem fictício, bem como todos os outros presentes neste livro, que carrega consigo condutas que podem ser identificadas como pertencentes ao espectro do comportamento obsessivo compulsivo.

Por fim, as drogas Oxinidril, Adalnilox e Pelexie não existem, foram criadas a fim de gerar maior verossimilhança e credibilidade para história.

N.B.

"A obsessão é a fonte da genialidade e da loucura"

(Michel de Montaigne)

Sumário

PARTE UM
ANGRA 13

PARTE DOIS
ANO-NOVO 42

PARTE TRÊS
FALSAS PROMESSAS 56

PARTE QUATRO
O DIA MAIS TERRÍVEL DO ANO 65

PARTE CINCO
A ESTRADA TRAZ LUCIDEZ 86

PARTE SEIS
A VERDADE FACTUAL QUE NINGUÉM GOSTA DE CONTAR 96

PARTE SETE
FESTA DA CARNE – DIA 1 105
   Traição 105
FESTA DA CARNE – DIA 2 112
   Festim local 112
FESTA DA CARNE – DIA 3 125
   Furtivo e imprudente 125
FESTA DA CARNE – DIA 4 134
   Surpresa, surpresa 134
FESTA DA CARNE – DIA 5 145
   Compromisso 145

PARTE OITO
MATRIMÔNIO 151

PARTE NOVE
O BOM FILHO 173

PARTE DEZ
ADEUS 181

PARTE ONZE
NOITE DOS MORTOS-VIVOS 187

PARTE DOZE
CICLOS 196

PARTE TREZE
ULTIMATO 206

EPÍLOGO 222

AGRADECIMENTOS 223

Parte um

Angra

Aquele maldito sorriso. Mais uma vez abrilhantando a maldita sala no maldito Natal. Àquela altura eu já deveria ter me acostumado com sua presença. Mas parecia doer cada vez mais. O vestido branco esvoaçante cabia-lhe como uma luva, e os pezinhos dançavam descalços. Aqueles malditos pezinhos.

Eu não podia culpar minha idade ou a falta de companhia. Era o feitiço de Ceci, que me dominara desde a primeira vez que a vi em Angra dos Reis. A viagem anual para a casa de praia da família me proporcionou, entre outras coisas, a descoberta da pessoa que alimentava meus extremos. Eu podia odiar-lhe por semanas consecutivas e amar-lhe no primeiro segundo que seus olhos voltassem a encontrar os meus.

Ceci também ia à casa de praia. À sua casa de praia, claro. Com a sua família. Com os seus amigos. E com o seu namorado. O maldito namorado. O jeito que agarrava sua cintura só me dava a certeza de que ele sabia muito bem o que carregava nos braços. O valor que aquela mulher agregaria à vida de qualquer um.

Abrindo mão da maior sorte que seria capaz de alcançar na vida, o maldito namorado a deixou e, por dois verões seguidos, Ceci teve sua cintura livre. Eu a desejei tanto. Mais do que qualquer outra coisa na vida. Mas não ousei sequer tentar. O brilho de Ceci ofuscaria o pouco que sobrara de bom em mim, mesmo sem querer. Eu sabia disso. Ela era coisa demais para um cara como eu. E isso ardia em mim mais do que o sol em minha pele vampiresca.

Foi então que surgiu o próximo candidato à ocupação de segurar-a-cintura-da-Ceci. As mãos eram mais delicadas e gentis. As roupas de banho combinavam. E o que parecia ser noites do pijama inocentes evoluiu para o pedido de namoro mais difícil que já tive de encarar. Um: porque eu queria colocar uma aliança em sua mão direita. Dois: porque a pessoa colocando a aliança em sua mão direita era minha irmã. Minha maldita irmã.

Eu gostaria muito de conseguir odiá-la por isso, mas Lelia era minha melhor amiga no mundo. Éramos, em tudo que se era possível ser, compatíveis. Os mesmos filmes, as mesmas músicas, os mesmos hobbies. O que me levava a imaginar se Ceci não seria capaz de se apaixonar por mim também, já que a minha sósia feminina a tinha conquistado em instantes.

Por isso minha dor era tão paradoxal. Eu sabia que desejava de todo o meu ser que Lelia fosse feliz. Porém, também desejava, de todo meu ser, que Ceci fosse feliz comigo. A segunda parte eu sempre escondi. Ninguém nunca soube que aquela garota havia transtornado cada um de meus pensamentos. O problema era o Natal.

A faculdade me agraciara com a indispensável oportunidade de me mudar para Minas Gerais, isto é, para bem, bem longe de Lelia, em São Paulo, e de Ceci, em Campinas. A solidão de me mudar para uma cidade desconhecida para cursar jornalismo era muito mais convidativa do que permanecer em São Paulo e ser obrigado a ver Ceci se afastando cada vez mais da possibilidade de estar comigo. Mas eu não conseguia escapar do Natal. As horas de retorno à capital paulista me faziam questionar o porquê de insistir em passar a data em família. Eu já premeditava a dor, os conflitos e as horas pensantes no chuveiro. Ficaríamos nós três no mesmo apartamento, como em todos os anos anteriores. Eu sentiria de novo seu cheiro, seu abraço, seu calor. Ouviria sua risada, sua voz harmoniosa no banho e suas histórias, que me negava a admitir serem tão interessantes. Doeria, como dói toda vez.

As taças tilintaram em um brinde, e eu soube que já era meia-noite. Os abraços se davam em cadeia, e meu corpo inteiro arrepiou-se só de imaginar que chegaria a minha vez. Minha mãe me deu um beijo no rosto, e nem notei. Estava extasiado. Encarava-a indiscretamente, e ela notou.

— Feliz Natal, cunhado! — disse Ceci, estendendo um dos braços na minha direção.

— Feliz Natal, Ceci! — respondi com a maior naturalidade que fui capaz de performar. — O que está tomando? — perguntei ao notar o maldito drink que a impedira de me abraçar com ambos os braços.

— Champanhe, quer um pouco? — respondeu inclinando a taça para frente.

— Não tomo alcoólicos — falei.

— Que sem graça... — comentou de maneira bem-humorada.

— Eu detesto a menor possibilidade de perder o total domínio dos meus pensamentos. Gosto deles organizados e bem claros. Odeio perder o controle — expliquei.

Era verdade para a maioria dos casos. Mas, especificamente naquele, a recusa se deu, em maior parte, pelo pânico que previ que se instauraria em minha mente assim que me desse conta de que os lábios de Ceci, indiretamente, tocaram os meus. Eu pensaria naquela maldita taça por dias.

— E essa sua vida de pensar demais não é exaustiva, não?

— Ah, Ceci..., eu não sei viver de outro jeito.

Ela riu com aquele maldito sorriso perfeito. Suas covinhas apareceram por um segundo e, então, ela se afastou de mim. Mas sua imagem ficou impregnada no meu cérebro, como se ainda estivesse parada ali, me encarando. Com seus olhos achatados e verdes. Malditos...

Era impossível escolher entre a noite de Natal e a manhã seguinte. As duas pareciam competir entre si para saber qual me destruiria mais por dentro. Era a única manhã que eu não tinha permissão para pular o café. Eu costumava fazê-lo por maior que fosse a minha fome. Evitar compartilhar momentos com Lelia e Ceci era meu maior objetivo. Esse não era alcançável na manhã de Natal, no entanto. Lelia criara essa cultura desnecessariamente fofa de fazer rabanadas para mim anualmente no dia 25 de dezembro às 8h30. Além de cruel, seria inútil tentar cabular o evento. Se eu não descesse para provar seu doce sazonal, ela invadiria meu quarto obscuro, e traria Ceci. E eu não queria ver Ceci. Não queria ver Ceci no meu quarto, na minha bagunça. Não queria expor essa parte de mim.

Eu me importava com o que Ceci pensava a meu respeito, mas não queria admitir isso. Muito menos deixar que isso transparecesse. Então, não me arrumava. Não me perfumava. Não penteava os cabelos. Era um indigente de pantufas descendo as escadas marmorizadas do duplex de meus pais.

Ceci já estava na família bem antes de namorar Lelia, então, também não se incomodava em trajar seus pijamas de bichinho em público. Aqueles tão infantis que não podem ter sido comprados pela própria pessoa, só por avós ou tias estranhas. Na verdade, eu não tinha nada contra seus pijamas de bichinho. Eu os amava, inclusive. Mas queria ter. Queria odiar o quão bobos eles eram e o quão desarrumados seus cachos ficavam pela manhã. Assim, para quem interessasse saber, eu os achava bobos e sem sentido.

— Bom dia, *flor do dia*! — recepcionou-me cantante.

— Te odeio por me fazer acordar cedo no feriado. Você sabe que eu trabalho demais.

— E seu trabalho te dá rabanadas? Acho que não! Então trate de se sentar e ficar muito, muito feliz pela bomba de açúcar que estou prestes a lhe enfiar goela abaixo — disse Lelia fingindo uma bronca.

— Não vai me dar *bom-dia*? — perguntou Ceci do outro lado da ilha da cozinha.

— Bom dia?! — respondi rispidamente.

— GROSSO! — repreendeu ela chicoteando-me com um pano de prato.

— Por que você sempre a trata assim? — perguntou minha irmã assim que Ceci deixou o local.

— Assim como? — me fiz desentendido.

— Nathan, sei que não gosta dela.

Não comece, não quero mexer nessa bagunça. Pare de apontar para a sujeira embaixo do tapete.

— Isso é uma absoluta mentira — respondi com um sorriso no canto dos lábios.

— Então por que nunca fica perto quando ela está? — insistiu.

Eu queria deixá-la sem respostas. Queria sumir. Ou apagar as dúvidas de sua mente.

— Deixa disso! É coisa da sua cabeça…

— Venha conosco para Angra no Ano-Novo, então!

— O quê?!

Minha garganta secou. Os olhos arderam. Um peso se instalou no meio de meus olhos, eu podia sentir a cabeça latejar.

— Ano-Novo. Angra. Eu. Ceci. E você — completou pausadamente.

— Eu já tenho planos — respondi com a primeira informação que veio à mente.

— Nem ferrando que você tem planos! — exclamou Lelia com um pedaço de rabanada na boca.

— O que te faz pensar isso? Eu tenho amigos na faculdade, aqui em SP…

— Ah sim… e o que você e seus dois amigos estão planejando?

— Minha escolha criteriosa para amizades não me envergonha, Lelia.

Sim, estou mudando de assunto. Me siga, por favor.

— Desculpa! Só quero muito que você vá. Quero que goste da Ceci. Pode levar seus amigos se quiser, não me importo. Papai e mamãe também não vão ligar.

Não. Não. Não.

— Lelia, eu realmente não posso. Preciso estar em São João no dia 3, tenho um emprego.

— Seu nerd solitário infeliz!

Quase isso, o que não me ofende. Apenas esqueça o assunto, por favor.

— O convite permanece aberto caso...

— Não é só um convite. Eu faço questão que você vá conosco! Seria uma honra te ter por perto — falou Ceci, retornando à nossa companhia.

Você não Ceci. Porque você é exatamente o motivo de eu não querer sequer pensar em ir. Porque é inevitável te amar a cada segundo.

— Como eu disse pra Lelia...

— Também trabalho no dia 3. Não aceito isso como desculpa — interrompeu Ceci prontamente.

Eu amo sua agilidade com as palavras Ceci. Quer conversar comigo por horas?

— Ela disse que não aceita seu não, então você não tem escolha.

— Nesse caso...

— YAAAAY — gritou a garota em um abraço espontâneo e amigável de felicidade.

Não, eu não tenho escolha senão ceder a essa coisa enorme que mora em mim e que tento suprimir. Não, eu não tenho escolha senão te amar, Ceci.

Agora eu deveria melhorar minha capacidade de atuação, arrumar coragem e dois amigos.

Eu não sabia à época que seria tão difícil convencer duas pessoas com quem não tinha qualquer intimidade a doarem seu tempo para mim no Ano-Novo. Nem Dani. Nem Thiago. Nem Rafa. Nem Felipe. Ninguém. Aquilo acabaria sendo ainda mais insuportável sem alguém com quem compartilhar coisas alheias à Ceci, que seriam aquelas nas quais eu pretendia focar.

O carro vermelho conversível de Ceci nos levaria por cinco horas e meia até Angra dos Reis, onde tudo um dia começou. Eu me lembro de ver a vizinha nova chutar um montinho de areia em indignação. Ela tinha os punhos cerrados e o cenho franzido. Por mais belos que seus traços fossem, sua expressão de poucos amigos não me incentivou a uma aproximação primária. Até que ela começou a chorar. Acheguei-me com certo receio de ser comido vivo e ciente de que o que estava fazendo invadia um pouco o espaço pessoal dela, mas, como se eu fosse atraído por uma órbita gravitacional, não consegui evitar.

"Não é nada", ela disse esfregando os olhos com as costas das mãos. Falou daquele jeito que a gente usa quando não quer confessar de primeira, mas quer que a pessoa se importe.

"Pode conversar comigo, se quiser", falei sentindo o suor descer pelas costas.

"Você deveria passar um protetor solar. Está vermelho demais...", disse a garota nova resgatando um tubinho em sua bolsa. Sem permissão, levantou meus óculos escuros e os prendeu em minha cabeça, então, com seus dedinhos, começou a espalhar o creme por todo o meu rosto. Eu fiquei hipnotizado. Como se valesse a pena ter vivido os então vinte anos só para experienciar aquele toque. O maldito toque o qual me pego relembrando sem querer constantemente, como agora.

— Eles não vêm — respondi à Lelia após alguns longos segundos perdidos em meus pensamentos.

— Sinto muito! — falou Ceci tocando, como se seus dedos formassem uma pluma, meu ombro direito.

Toque de novo. O quanto quiser. Onde quiser. Eu te imploro.

— O que é isso? — perguntei, ignorando o gesto de Ceci propositalmente.

Queria que ela me notasse.

Note como não ligo pra você. Faça disso um assunto. Queira que eu me importe. Peça minha opinião. Peça meu conselho. Peça qualquer coisa.

— É uma surpresa para o aniversário da Ceci — sussurrou minha irmã, tentando não chamar atenção à minha pergunta em tom audível para ambas. — Ela odeia aniversários. Quero que esse seja especial.

— É no dia 2, né?

Sim, eu sabia. Era uma pergunta retórica. Também sabia que ela odiava aniversários, o porquê odiava e desde quando passou a odiar.

"Meu pai nos abandonou num Ano-Novo. Sumiu por semanas antes de admitir que queria o divórcio. Antes de dizer que não estava pronto para ser pai, ainda mais de uma menina como eu. Não é fácil para uma criança de 7 anos passar o aniversário ouvindo a mãe chorar pelos cantos e, no fim, sentir que a culpa é sua", ela me disse uma vez.

"Ele é estúpido por desperdiçar a chance de ter uma vida com você", pensei, mas não disse. Por fim, falei algo como "É…, é foda".

— Pensei em fazer as receitas preferidas dela e comprei um vestido que…

— Não é surpresa se você me contar — falei.

Não era esse o motivo. Eu não queria saber da surpresa falha de Lelia. Não queria ter de me segurar para não berrar o quanto eu planejaria algo muito melhor. Algo com a cara de Ceci. Algo que a faria muito mais feliz.

— Parem de cochichar sobre mim pelas minhas costas — disse Ceci sem se virar. Ela encarava a avenida na frente do prédio com um olhar perdido.

Faltava algo. Faltava eu.

O clima de dezembro pareceu dar ainda mais às caras naquele final de semana, e o trânsito dos nômades à procura de um réveillon na praia potencializava o bafo quente estagnado. Eu estava no banco de trás. No banco atrás de Ceci. Encarava sua nuca querendo cheirá-la. Imaginando-me afastando seus fios escuros para o lado e abrindo acesso ao seu pescoço. Nem mesmos meus fones conseguiam abafar o quão alto meus pensamentos gritavam.

Hozier tocava em meus ouvidos, e eu desejava evaporar dali com o calor. Queria ver meus braços se desintegrando como naquela cena de *De volta para o futuro 2* enquanto uma música tocava para o casal dançar. Exceto pelo fato de que a versão de *Earth Angel* do filme não constava na minha plataforma de streaming.

— O que prefere? — perguntou Lelia, tirando-me do meu mundo imaginário com um tapa no joelho. — Ligamos o ar-condicionado e fechamos o teto ou deixamos aberto e continuamos fingindo que somos descolados?

— Gosto de parecer descolada — comentou Ceci.

— O que ela preferir... — comentei precocemente sem sequer encarar minha irmã de volta.

Sempre. Sempre o que ela preferir.

A casa estava como sempre esteve. Os móveis meio velhos e deteriorados pelo sal marinho. A piscina esverdeada. As árvores que perdiam as folhas toda vez naquela época do ano. Que árvore era aquela mesmo? Não me lembro de tê-la visto com frutos ou flores.

Os guarda-sóis manchados acumulavam água do que pareceu ser uma chuva recente. O cheiro da praia. O banquinho. A varanda. Tudo exatamente igual ao que sempre foi. Eu. Lelia. Ceci. Eu apaixonado por Ceci. Ceci apaixonada por Lelia. Nada havia mudado nos últimos dois anos.

"É o meu namorado, ele me disse coisas terríveis", me contou naquele primeiro dia. O dia do primeiro toque.

"O que ele te fez?"

"Ele disse que quer uma mulher de verdade", falou com mais uma lágrima nascente, e eu não soube o que aquilo significava, então apenas afaguei seus ombros. Hoje sabia que ele se referira ao fato de ela ser bissexual, e isso me indignava ainda mais por não ter feito nada na época. Até porque, depois desse episódio, ela continuou com ele por mais um ano e quatro meses.

— Sempre achei a vista da sua casa mais bonita do que a da minha — disse Ceci se aproximando de mim na varanda que dava para o mar.

— Você vivia vindo aqui, então não acho que fez tanta diferença.

— Qual é a sua? O que tem de tão errado comigo que faz você me tratar assim?

Meus olhos saltaram das órbitas.

Nada, meu amor. Absolutamente nada. E esse é o problema.

— Eu? Eu não tenho nada contra você. Ou ninguém. Eu só sou diferente de todo mundo, eu acho.

É, do jeito mais esquisito que dá pra ser.

— Uau ele é *tão* único. Exclusivo. Edição limitada — falou ironicamente.

— Tá, talvez eu não goste mais tanto de você agora — respondi no mesmo tom de piada.

Era uma mentira escabrosa. Seu tom de ironia era ainda mais doce que o comum.

— É sério… nós éramos amigos, mas, desde que comecei a namorar a Lelia, você ficou todo estranho e fechado.

É. Amigos. Éramos amigos. Só amigos.

— Ah… acho que as pessoas mudam um pouco. O início do namoro de vocês coincidiu com a minha mudança para São João del-Rei, seria impossível não nos distanciarmos de alguma forma. Não há nada com você. É mais sobre mim. Você não entenderia…

É tudo sobre você e, sim, você entenderia. Eu não quero que você entenda, no entanto. Não quero que você desconfie. Quero que continue no escuro quanto a isso e apenas me dê um alívio de atenção breve, como a brisa leve que balança seus cabelos e te faz comprimir os olhos.

— Não me acha capaz de te entender, huh? — falou com os braços cruzados.

— Foi o que eu disse.

— Eu sou muito mais inteligente do que pareço!

Eu sei. Eu sei. EU SEI.

— O que está tentando provar?

— Não preciso provar nada!

— Não precisa, mas está tentando…

Deixe-me te provocar assim todos os dias, só para ver seu cenho se franzindo e seus braços se cruzando automaticamente como uma manifestação instantânea de ira. Permita-me ver a raiva crescer em seus olhos, o volume de sua voz se elevar e suas palavras perderem a elegância. Deixe-me te enxergar por inteira.

— Você consegue ser bem chato às vezes. E eu ainda consigo gostar de você.

Não diga uma coisa dessas. Não me faça imaginar coisas.

Eu queria muito deixar sua presença. Queria correr e me esconder em meu quarto. Queria restringir minha tentação apenas a momentos estritamente necessários, mas não conseguia sozinho. Eu valorizava os segundos silenciosos com Ceci do lado. Se ela não o fizesse, meus pés se enterrariam ali para sempre.

Assim que ela se retirou sem maiores explicações, deitei-me em uma das espreguiçadeiras. Desejei ter meu *sketchbook* comigo. Ali poderia, como sempre, depositar todos esses pensamentos indesejavelmente inevitáveis e traduzi-los em metáforas que nem Lelia entenderia, mas ele não estava ali. Estava dentro do carro de onde, agora, Ceci tirava as malas. Não queria parecer estar seguindo-a.

Então, peguei o celular e postei um conjunto de palavras que veio à cabeça.

"Há um certo conforto no caos que você causa em mim.

Meu intelecto é uma fortaleza que não se deixa abalar pelos seus furacões.

E por mais que o meu real desejo fosse sentir seu vento violentar meu rosto, dói menos fingir que não."

Após alguns segundos, pensei o quão idiota era postar indiretas apaixonadas no auge dos meus 24 anos. Ri de mim mesmo por um segundo e logo deletei. Não queria que pensassem que, além de fracassado, eu era um péssimo escritor.

Não foi a falta de sono que me manteve acordado naquela noite. Nem o acúmulo de roteiros de entrevistas para escrever. Nem mesmo o entusiasmo de um projeto novo. Muito menos uma série envolvente e impossível de pausar. Era a trilha sonora perturbadora do quarto ao lado.

Eu ouvia Lelia enchê-la de prazer. Ou dor. Ou qualquer outro sentimento que a impedia de manter seus sons inaudíveis. Eu queria estar enchendo-a de prazer e me detestava por pensar nisso. Por mais que eu afastasse a vontade, ela voltava de outras maneiras. Senti nojo de mim mesmo por desejá-la tanto e por duvidar, inúmeras vezes, da capacidade de minha irmã de fazê-la feliz.

Minha risível convivência social me limitou a desenvolver somente o intelecto. Eu sabia muito sobre tudo e, quando não sabia, dava um jeito de tornar o assunto sobre algo que eu dominava. Porque não queria aprender com ninguém que considerasse inferior. Eles deveriam me ouvir. Minha solidão me proporcionou pensamentos que nenhum deles jamais desenvolveria em meio a relacionamentos consecutivos com pessoas aleatórias. Porém, eu não sabia nada sobre como lidar com as pessoas, por isso, não sabia como lidar com aquilo. Mas fingia que sim. Performava um domínio total das relações pessoais. Só que, às vezes, minha inexperiência se manifestava. Como na lágrima que escorrera por minha bochecha sem que eu percebesse. Limpei-a com força, deixando o local do atrito com uma leve sensação de ardência.

Racionalize. Racionalize. Racionalize.

Os gemidos cessaram, e eu suspirei como se estivesse segurando a respiração durante todo o show. Em seguida, vieram as risadas. Essas doeram ainda mais. Não era só prazer, era felicidade genuína. O quão ruim precisa ser o coração de alguém para detestar a alegria alheia? Eu odiei. Por vários segundos, eu odiei. Odiei sabendo que Ceci merecia ser feliz. Que Lelia mereceria ser feliz.

E eu? Não merecia ser feliz?

— Acordado, N? — perguntou Lelia à porta após alguns minutos e, antes mesmo de obter uma resposta, abriu-a. — Preciso de um favor.

— Como sempre.

— Você só dorme de manhã, morceguinho?

— Eu sou um vampiro imortal de cinco mil anos. Não preciso dormir — falei em tom de brincadeira.

— Ó Lorde das Trevas, me dê alguns ensinamentos — disse Lelia, ajoelhando-se em uma interpretação de devoção.

— Se este é o seu pedido, terei o maior prazer em passar-lhe algum conhecimento.

— Sim, mestre! Me diga a senha de seu cartão de crédito, é tudo o que peço! — continuou, segurando uma de minhas mãos e forçando uma expressão de súplica.

— É o quê? — perguntei rindo de sua atuação.

— Eu preciso de um cartão pra pagar o bolo da Ceci. Prometo que te pago depois! Por favorzinho? — pediu com os olhos apertados.

Não, a namorada é sua, se vire.

Sim, faça Ceci feliz, já que eu não posso, mas diga que te emprestei, deixe-a saber que eu a quis feliz de alguma forma. Sim, coloque um sorriso no rosto dela com uma ajuda minha.

— Tá bem, tá bem...

— Você é tudo! — celebrou em um abraço.

— Vou deixar o presente dela escondido aqui no seu quarto. Não quero que desconfie...

— E se ela entrar aqui e encontrar?

Quem disse que ela não entraria aqui de jeito nenhum? E se ela quiser me ver e conversar? E se eu me trancar aqui o dia inteiro e ela se preocupar? Será que ela sentiria minha falta?

— Você tá falando sério? Por que ela viria aqui?

— Porque às vezes você fica muito ocupada com a sua culinária demorada e deixa Ceci sobrando.

Eu disse isso em voz alta?

— Isso não é verdade! — exclamou indignada. — E o que te faz pensar que ela viria correndo pra você?

Porque nós somos iguais. E eu sou ainda melhor. Ou posso fingir ser. Então se ela gosta de você, ela gosta de mim.

— Eu não disse isso, apenas apontei uma possibilidade. Em todo caso, não a deixaria entrar. Não sei que tipo de conversa teria com ela. Só se fosse para ensiná-la a fazer algo.

— Você é ridículo! Ela é uma de nós. Pensantes.

— RÁ-RÁ — ri sarcasticamente. — Nem ferrando.

— Sim, ela é! E eu vou provar pra você!

— Ela é um poço vazio que anseia pelo nosso conhecimento.

Não é verdade. Ela é cheia de tudo que eu sempre desejei. Eu só preciso me reafirmar pra não me sentir tão para trás.

— Essa foi a coisa mais egocêntrica que já ouvi na vida.

— Só estou sendo sincero…

— Não era o que você pensava quando ela escreveu aquela música.

"Lelia, não confie nessa garota. Ela está te enganando", falei à minha irmã na ocasião.

"E por que não? Acho que gosto dela, Nathan."

"Há duas semanas ela me escreveu uma música", comentei. Não sabia se era para mim, ela não tinha falado, mas foi o que interpretei de seus versos.

"Música? Que música?"

"Ela postou no Instagram ontem à noite."

"Como sabe que é pra você?"

"Está óbvio! Acho que ela é afim de mim". Eu falei com tanta convicção que acionei os mecanismos de defesa de Lelia, cuja insegurança nunca permitiu que ela considerasse que Ceci um dia fosse querer ser sua namorada. Eu queria muito que fosse verdade. Queria muito estar certo, por isso a surpresa quando descobrimos, meses mais tarde, que a música sempre cantou sobre Lelia. Nunca foi sobre mim. Era tarde demais quando percebi que, pela falta de outras amigas mulheres, eu não sabia como amigas tratavam amigos. Era tarde demais para não me deixar sentir especial. Era tarde demais para me desapaixonar por Ceci.

O sol me acordou ao primeiro raiar naquele dia e, mesmo que eu não fosse o cara das manhãs, era tão cedo que estaria evitando qualquer contato posterior ao tomar café da manhã naquele horário. Meu plano teria sido perfeitamente eficaz se a campainha não tivesse soado à primeira mordida que dei em meu misto-quente.

Atendi a porta com a maior das desconfianças. Será que Lelia tinha convidado mais alguém?

— Toc, Toc! Quem é? Sou eu mesmo! — disse o homem de pé à minha frente. Eu não podia acreditar no que meus olhos estavam vendo.

— Jacó? O que faz aqui? — perguntei, esfregando os olhos como se isso fosse me permitir ver mais claramente.

— Não vai dar um abraço no seu irmão? — perguntou ele de braços abertos e com a mochila pendendo em um dos ombros.

— Senti sua falta — admiti. Eu não me envergonhava em demonstrar meus sentimentos para ele.

Jacó era o preferido da família. Meu preferido. Preferido de minha mãe. Preferido de Lelia. Preferido de meu pai. Não tinha como desgostar minimamente de Jacó. No auge de seus 29 anos, ele já havia percorrido toda a Europa e Ásia. Era cidadão do mundo e vivia para aproveitar cada momento. Àquela altura, fazia seis meses que eu não o via. Ele tinha passado os últimos tempos na Alemanha e, pelo que soubemos, tinha arranjado uma garota. Por isso e pelo fato de ele definitivamente não morar mais com meus pais, não imaginava que retornasse tão cedo.

— Eu também senti a sua, N! — falou envolvendo-me ainda mais em seu abraço. Ele era alto, forte e de pele negra. Era o contraste essencial de nós pálidos.

Poucos entendiam o que se passava por trás da nossa família. Por muito tempo, disseram que Jacó era adotado, que minha mãe havia traído meu pai e qualquer outro tipo de inverdade que a mente diabólica das pessoas foi capaz de inventar. Após alguns anos, começaram a compreender, mesmo que superficialmente, a realidade dos Bitencourt.

Meus pais não viviam um relacionamento tradicional. Ambos se proporcionavam certas liberdades eventualmente. Sendo curto e objetivo, eles transavam com outras pessoas às vezes. Tudo era acordado, e eles pareciam felizes desse jeito. Jacó foi concebido em um desses encontros casuais em que o método contraceptivo falhou, mas isso não pareceu incomodar nenhum dos dois, afinal, ambos jogavam seu jogo com a possibilidade de que um dia isso pudesse acontecer. Por fim, decidiram não contactar o possível pai biológico.

Desde então, a família cresceu, e tudo sempre foi bem esclarecido para nós. Apesar disso, todos concordavam que Jacó era cem por cento um de nós e, acredito, ele nunca se sentiu diferente disso.

Porém, por decisão própria, Jacó preferiu crescer relativamente longe, ele viaja por todo o mundo desde os 15 anos. Seu espírito aventureiro distanciou sua personalidade da minha e de Lelia. Ela e eu éramos clones mentais. Compartilhávamos os mesmos sentimentos em relação a quase tudo — inclusive em relação à namorada dela, por mais errado que isso soe — e convivíamos o mesmo tanto com nossos pais. Nesse sentido, Jacó parecia mais um amigo que um irmão.

— Achei que nunca mais veria você — falei, servindo-lhe um pouco de café, o qual ele batizou com algum líquido proveniente de um cantil de couro. — São seis e meia da manhã!!! — repreendi.

— Não no meu fuso — falou com bom humor. — Também achei que demoraria mais a voltar, mas precisei, porque... — falou e suspirou profundamente — porque, quando eu for embora dessa vez, não devo voltar tão cedo. — Eu permaneci em silêncio para que ele pudesse continuar. Jacó deu um gole em sua mistura esquisita e prosseguiu. — Vou me casar.

— O quê? Com quem? — perguntei mais preocupado do que animado.

— O nome dela é Evelyn, nos conhecemos há quatro meses e... acho que é ela.

— Acha?! Você sabe que isso é um *matrimônio*, né? E que pra isso valer a pena você tem que *saber* que é ela.

— Imaginei que você fosse reagir assim... — ele disse com tom de desapontamento. — Mas, cara, nem todo mundo é complicado como você. Têm gente que só quer ser feliz, e ela é a manifestação mais leve da felicidade.

Ele não estava completamente errado. A forma de felicidade que eu desejava era realmente mais complicada, porque era com Ceci.

— E vai abandonar sua família por uma alemã que conheceu ontem? — questionei com veemência.

— Que família, Nathan? O pai e a mãe vivem vidas completamente independentes de nós, você está trabalhando em São João del-Rei, se forçando a ignorar que o resto de nós existe e Lelia tá quase morando com a namorada dela. Cada um tá vivendo sua vida, eu só estou fazendo o mesmo. Você deveria considerar isso também.

Peraí. O QUÊ? Lelia e Ceci vão morar juntas? Vão se casar? Quando foi que isso aconteceu?

— NÃO ACREDITO NO QUE MEUS OLHOS ESTÃO VENDO! — gritou a voz aguda de minha irmã.

— Você e Ceci vão morar juntas? — questionei, interrompendo o abraço dos dois.

— Ahn, bom dia!? É claro que pensamos sobre isso, Nathan. Estamos juntas há dois anos. Quanto tempo mais você acha que aguentamos vivendo separadas?

Bom, eu sei que estou aguentando a mesma quantidade de tempo sem sequer tocá-la. E olhe que eu a amo infinitamente mais, Lelia.

— Agora você me permite cumprimentar meu irmão que não vejo há meses?

Estratégia de alcance. Crescimento orgânico. Cheiro de baunilha. Tabela de valores esperados. Ceci. 29% da receita. Cheiro de baunilha. Experiência inesquecível. Cheiro de café. *Isso deve ser lá embaixo.* Foco! Apresentação no dia 6. Logomarca impactante. Poucas cores. Ceci. Lelia. *Não.* Tabela de valores. 29% da receita. Cheiro de baunilha. *Merda.* Foco. Foco. Foco. Bateria acabando. Duas palavras para o lema da empresa. Máximo de sete minutos de entrevista. Ceci. Ceci. Ceci.

Nenhum pensamento se fixava em minha mente. Eu não conseguia me concentrar no trabalho que deveria, no mínimo, tentar começar. Não com a vista *privilegiada* de minha janela. Ela emoldurava a linda cena de Lelia e Ceci juntinhas em uma das espreguiçadeiras. Ceci lia com sua cabeça repousada sobre o colo de Lelia, que, por sua vez, acariciava seus cabelos.

Como se não bastasse ser testemunha ocular daquela melação, a tela do computador me encarava. As teclas riam de mim, e eu podia sentir a webcam me olhar com desdém. Elas riam da minha desgraça. Diziam *olhem pra ele pessoal, um fracassado! Não consegue tirar os olhos da presa. Seu perdedor!*

Também podia sentir o vestido lilás ridículo se colocando de pé pelas minhas costas. *Olha como sou feio*, dizia. Quase sussurrava.

Pense em como ela vai me odiar. Eu tenho frufrus. E coisas brilhantes. Consegue me imaginar...

— Calem a boca! — gritei para todos os inanimados que me irritavam. Fechei as mãos nos ouvidos e apertei os olhos, tentando abafar as vozes da minha cabeça.

Foi assim que Jacó me encontrou.

— Tá tudo bem? — perguntou a voz grave pelas minhas costas. Dessa vez não era o vestido.

— Sim, só uma dor de cabeça... — respondi com um sorriso cansado.

— Então é disso mesmo que você precisa! — falou indicando a garrafa que tinha em mãos. — Café?

— Tá muito quente pra café... — murmurei quase em bocejo.

— Qualquer hora é hora pra café!

"Qualquer hora é hora pra café!", exclamou Ceci. Estávamos na praia. Só nós dois vendo o sol se pôr e dividindo a toalha. Isso foi no ano em que sua cintura ficara disponível.

"Está fazendo no mínimo 30 graus. Sem chance", eu disse, deitando-me com metade do corpo para fora da toalha. Eu sabia fingir bem. A verdade é que faria qualquer coisa que ela quisesse.

"Lelia está chamando, N! Ela fez café pra gente!", insistiu com uma animação suspeita.

"Por que você cismou com a Lelia esses dias? Tá indo atrás dela pra tudo quanto é lugar!". Mesmo sem querer transparecer, o ciúme estava claramente impregnado em cada uma de minhas palavras. Percebi assim que terminei a frase. A autorrepreensão veio na hora e foi externada por um franzir de nariz.

"Tá com ciúmes, Nathan?", perguntou Ceci com muita, muita, satisfação. Eu não podia deixá-la ganhar.

"Nenhum. É só que, você sabe, eu já avisei sobre Lelia. Ela é louca".

"Você vive dizendo que vocês são gêmeos de intelecto, ou algo assim. Então quer dizer que você também é louco?". O tom de piada deixava claro que ela não levara a sério nenhum de meus avisos sobre minha irmã.

"Eu sou o tipo bom de louco, se quer saber."

"Sabe o que você é, de verdade?". Seu corpo se inclinou em minha direção. Seus olhos me fitavam em uma intensidade paralisante. Mesmo de óculos escuros, podia sentir sua íris verde-selva queimando minha pele. Eu jurei que ela me beijaria. Apaixonadamente. Finalmente. Após duas semanas juntos. Eu sabia. Sabia que ela gostava de mim. Sabia que me amava também. Era tão real. Quase podia sentir seus lábios se projetando para conectarem-se aos meus. Sua respiração atingia meus poros. Eu a via lentamente se aproximando. "Meu melhor amigo no mundo". E sorriu.

Só isso. Sorriu.

— O cheiro está divino! — elogiou Ceci com um sorriso estonteante nos lábios.

— Aposto que o gosto está ainda melhor! — respondeu Lelia mexendo a colher de pau na grande panela que guardava o jantar. Vi Ceci sibilar um *que nem você* e tive o ímpeto de revirar os olhos. Não o fiz, no entanto. Não queria que elas percebessem que eu estava espiando. Sempre espiava.

— Eu amo cominho! O cheiro que dá...

— Não é cominho. É coentro — corrigi no mesmo instante.

— Eu sempre confundo os dois — justificou Ceci com seu jeito doce. Quase tive pena, mas ela precisava desgostar de mim. Precisava saber que eu sabia mais do que ela.

— São coisas completamente diferentes.

— Tudo bem, Nathan, já entendemos — disse Lelia, potencializando o clima de tensão que já começara a se instaurar.

Desculpe Ceci. Não fique triste. Não quis te magoar, mas precisei. Precisei mostrar a você que eu sei das coisas. Quero parecer inalcançável para você. Não quero que me enxergue como eu me enxergo.

— Hum! — exclamou Jacó em um gemido de satisfação. — Isso está in-crí-vel!

— Você é muito boa nisso! — exultou Ceci.

— Não foi nada! É um prato bem simples até…

— É realmente fácil. Sei disso porque eu quem te ensinei. Não é Lelia? — falei sem pensar muito.

Aquelas bajulações, as atenções voltadas para ela… era insuportável! Ela não podia ter tudo.

— Sim, Nathan. Você mesmo. — respondeu encarando o fundo de seu prato. Jacó e Ceci pareciam perdidos, como se não soubessem o que dizer para amenizar o peso que eu adicionara à conversa — Mas fui eu quem cozinhei…

— Ah, Lelia, todos vimos que foi você! Só podia ser um pouquinho mais grata a mim. Afinal, seria justo dizer que te ensinei tudo o que você sabe! — falei petulante. Eu sabia o que aquilo criaria nela. Ela não era tão boa quanto eu em ignorar todo o derredor em troca de uma imagem serena e inabalável.

— Nathan! Fica quieto pelo amor de Deus! — repreendeu Jacó, me apontando seu garfo já usado enquanto mastigava um pedaço do frango.

— É claro, mais uma vez, alguém vai falar por ela. Ela não tem coragem de sequer…

— Você não consegue, não é Nathan? Não consegue ver ninguém, além de você mesmo, tendo o mínimo destaque. Seu egocêntrico filho da p…

— Não traga a mamãe pra conversa! — falei carregado de sarcasmo. Vi a fúria crescer em seus olhos. Abri um sorriso de deboche e pude ver seu lábio superior começar a tremer. Eu queria vê-la surtar.

Lelia começou a se levantar da cadeira, e eu soube, naquele momento, que sua razão não estava mais no controle. Ela nunca aprendera isso de verdade. Não importava quantas vezes eu tentasse explicar o quão benéfico era eliminar quaisquer sentimentalismos. Foi essa mentalidade que me impediu de investir em Ceci. A razão era quem me impossibilitava de roubar-lhe a namorada. Gostava de pensar que esse era o único motivo.

— Lelia, sente-se! Não vale a pena... — sugeriu Jacó.

Porém, o descontrole de minha irmã foi mais rápido do que ele imaginava. Em segundos, Lelia enfiou a mão em sua sacra panela de frango e arremessou um peito inteiro em direção ao meu rosto. No entanto, consegui me proteger com uma das mãos.

— Bom, definitivamente eu não te ensinei isso — disse rindo com a maior naturalidade que consegui.

Não era uma situação engraçada; afinal, ela tinha estragado o jantar, e eu ainda estava com fome. Porém, queria que eles pensassem que eu não ligava. Que era controlado. Sensato. Centrado. Racional.

Viu, Ceci? Viu como eu sou melhor que Lelia? Já se arrependeu de sua escolha?

Lelia soltou um grito de ódio, e Ceci segurou suas mãos. Vi uma lágrima descer em sua bochecha ruborizada e fiquei ainda mais satisfeito. Satisfeito porque eu sabia que a última coisa que ela queria era que aquela gota saísse. Ela era sentimental e não admitia. Não para mim.

Jacó guiou-a pelos ombros até o andar de cima. Ceci e eu ficamos sozinhos. Assim como eu sonhava às vezes. O olhar preocupado. O sorriso sem graça. Perfeita. Eu tinha ganhado e estava me sentindo muito bem. Apesar da camisa cinza suja de molho, não me sentia, nem por um segundo, em posição de desvantagem.

Ceci parecia pensar se falava ou não alguma coisa. Eu a encarava. Sem medo agora. Sabia que devia dosar o olhar. A linha entre parecer um maníaco e reafirmar dominância era tênue, mas eu conseguia diferenciar.

Ela olhou para mim, para a tigela violada, para seu prato que quase não havia sido mexido, para mim de novo, para minha camisa suja, para a panela, para o pedaço de frango no chão, e finalmente disse:

— Acho que agora não faz a menor diferença se era cominho ou coentro.

Estratégia de alcance. Crescimento orgânico. 29% da receita. Fazia sentido. Precisava ser, inclusive, menos que isso. Talvez se a plataforma fosse replanejada, mudássemos o layout, o texto de apresentação chamaria mais atenção. O fluxo do site está baixo. *Fracassado, fracassado*, disseram as teclas. *Cale a boca*! Será que ele é pouco útil e instrutivo? Ceci. *Não*. O site. Vou repensar o design. Quero uma atenção maior aos artigos que serão publicados. Mensagem do Ronald. Deve estar pensando a mesma coisa que eu. Ele pode ficar com a parte prática. Odeio editar site. Esse lilás está ridículo...

— Sei que você não merece... — anunciou Jacó, entrando sem bater na porta —mas deve estar com fome. Sei que é orgulhoso demais pra admitir, então só come.

Ele jogou uma caixa de pizza com algumas fatias dentro em minha direção. Eles provavelmente haviam pedido e comido primeiro. Tudo bem. Eu queria me isolar. Evitá-los ao máximo. Tinha que acreditar nisso.

— Pizza é sempre irrecusável. Até mesmo para os...

— Eu não vim ouvir piadinha sua, Nathan — falou Jacó e foi só então que reparei em sua expressão fechada. Ele sempre fazia essa cara quando estava prestes a dar um sermão. — Você é um homem de 24 anos e se comporta como uma criança! O que fez hoje? Foi ridículo! Lelia está chateada. Ceci está chateada. E eu tô puto!

Ele realmente estava. Suas sobrancelhas se uniam no meio da testa, e suas rugas se evidenciavam ainda mais.

— É a garota, não é? Essa tal de Ceci.

— O quê? — questionei-o com um ar muito mais preocupado do que gostaria.

— Posso ter estado ausente nos últimos anos, mas te conheço. Eu lembro que você falava sobre a garota da praia. É a Ceci, não é?

— Jacó, entendo que queira consertar as coisas, mas, acredite, inventar historinhas não é a solução...

Eu tinha que encobrir. Precisava convencê-lo.

— Que merda de historinha! Eu vi. Eu vi nos seus olhos quando Lelia sugeriu que elas morariam juntas. Eu vi hoje quando vim te trazer café. Eu vi sua satisfação ao ver Lelia perder o controle. Você estava adorando. Se sentiu inabalável? — Permaneci em silêncio. Sua voz era rude e opressora. Qualquer contestação seria apenas um sopro. Um assovio em direção ao oceano — Não tem nada a dizer?

— O que quer que eu diga, Jacó? Que eu a amo? Que eu sempre a amei? Que eu a mereço mais do que Lelia?

Eu não conseguia mentir para ele. Nunca consegui. Mentia para Lelia porque ela era igual a mim, e eu sabia como driblá-la. Jacó não. Ele era uma muralha. Inquebrável. Não conseguiria contorná-lo nem se quisesse. Embora também nunca tivesse admitido isso.

— Não fale uma merda dessas — ele disse em tom explícito de decepção.

Ele não sabia. Ele não viu nada. Ele cantou a pedra e eu dei ouvidos. Seu olhar deixava claro que ele se arrependera de ter trazido o assunto à tona porque agora ele era cúmplice.

— É uma merda mesmo. Não significa que não seja verdade.

— Cala a boca! — exclamou indignado. — Você tá fora de si? — perguntou, fuzilando-me com seus olhos escuros e profundos. Olhos de muralha. — Você está realmente jogando com o futuro da nossa irmã? Brincando com a felicidade dela? Você é a pessoa mais detestável que eu conheço, se estiver.

Eu não estava brincando. Ceci não era um jogo. Ela era o amor da minha vida. O único. A única. Mas, de qualquer forma, acredito que eu seja mesmo.

— A garota que está do outro lado dessa parede ama a sua irmã. Ela está lá com ela, consolando-a de uma merda que você fez. Ouviu essas risadas? — perguntou, fazendo uma concha com as mãos no ouvido em direção à parede. — Elas são *felizes*, Nathan. Juntas. A Ceci não está interessada em ninguém mais.

Você não sabe sobre os sinais que ela me dá. Ela me olha, me toca, me deseja.

Passos estalaram no piso amadeirado do corredor. As ondas quebravam lá fora. Três toques soaram à porta. Cheiro de baunilha. Ceci.

— Com licença, meninos! Posso entrar? — perguntou com apenas um terço do rosto na fresta da porta. O rosto e os dedinhos.

Fiz que sim com a cabeça mesmo que o olhar de Jacó exprimisse um estamos-tendo-uma-conversa-séria. Então o rosto inteiro de Ceci apareceu. Ela fechou a porta atrás de si com todo cuidado para não fazer barulho. Lelia provavelmente tinha ido dormir.

Era isso que ela fazia. Ela fugia dos problemas e abandonava Ceci. Eu nunca faria isso.

— Será que posso conversar com você? — perguntou olhando para mim. Sua expressão era a mais séria que eu já tinha visto.

Jacó apenas se retirou, mas manteve seu olhar de pedra. Eu sabia que ele não desistiria. Ele tocaria no assunto mais tarde. Ceci sentou-se na beirada de minha cama de solteiro enquanto eu ocupava meu lugar de sempre na cadeira giratória da escrivaninha. Enfiei uma fatia de pizza na boca sem o menor gracejo. Queria que ela pensasse que eu não me importava com sua presença, mesmo que a euforia em meu sangue crescesse exponencialmente a cada segundo.

— Você foi babaca, Nathan. Muito babaca.

Ai. Não use essas palavras. Você é a única com verdadeiro potencial para me machucar aqui, Ceci.

Fingi despreocupação mastigando a massa em minha boca lentamente, mas ela sabia. Sabia que eu estava nervoso e intimidado. Odiava que ela me conhecesse tanto. Que fosse tão inteligente quanto eu. Eu não podia deixar que ela soubesse que tinha esse poder.

— Eu sei que você não é assim. Por mais que a gente não seja mais o que éramos antes, por motivos que não entendo, eu ainda te conheço bem. — Ela fez uma pausa esperando alguma reação da minha parte, e então prosseguiu — Não conheço?

— Não — falei com molho de tomate escorrendo no canto da boca. Limpei com a gola da camisa e Ceci retorceu os lábios.

— Achei que, depois que eu começasse a namorar sua irmã, nós ficaríamos ainda mais próximos, mas você… você me trata de um jeito tão grosseiro. E se acha que não percebo, é só porque eu finjo bem!

Ora, minha querida Ceci, você é perfeita em vários aspectos, mas não, você não finge nada bem. E me perdoe se eu te faço mal. É a minha razão dominante. Eu amo Lelia. Ela é minha irmã. Não poderia trai-la dessa forma. Não posso mostrar as cartas para você, Ceci. E se você decidisse me querer? E se isso afastasse Lelia de mim? Eu não poderia perder minhas almas gêmeas. Nenhuma delas.

— Mas tudo bem. Eu não me importo tanto…

Como não, Ceci? Eu sou indiferente para você? A ponto de nem mesmo em minha postura desagradável você me notar? Será que Jacó está certo? Será que ela realmente não quer ninguém além de Lelia?

— Mas me importo com *ela* e sei que você a ama. Então não faça isso de novo. Você sabe que Lelia não merece.

Eu estava envergonhado. Será que tinha a interpretado erroneamente? Mas e todas as investidas? Os toques? Porra! Os toques…

— Está me ouvindo?

Eu só precisava de um sinal. Um. Apenas uma mensagem incógnita de Ceci. Uma palavra bastaria para ouvir o grito de seu âmago que clamava por mim.

— Nathan! — exclamou e avançou com uma das mãos em direção ao meu rosto e... segurou meu queixo. Forçou-me a olhar para ela. Como se isso exigisse algum sacrifício de minha parte. Ela. Segurou. Meu. Queixo.

Era um sinal. Ela me queria. Ela me amava.

Como se seus dedos finos em meu rosto não fossem o suficiente, ela ergueu delicadamente o polegar e limpou o canto de meus lábios. Eu fechei os olhos. Aqueles segundos se estenderam muito mais em minha mente do que provavelmente representaram no tempo real. Abri apenas uma fresta das pálpebras, e ela encarava minha boca. Tinha fome em seus olhos. Tinha desejo. Tinha tudo que eu precisava para continuar feliz. Sabia que, mesmo com Lelia, era eu quem Ceci realmente amava. Logo fechei novamente os olhos.

Seus dedos desceram até meu pescoço e suas unhas traçaram um caminho com leves arranhões. Meu corpo inteiro se arrepiou. Senti-me enrijecer. Queria agarrar-lhe a cintura. O quão errado isso seria? Afinal, era ela quem estava me provocando. Ela tinha vindo até o meu quarto. Fechado a porta. Sentado na cama. Segurando meu queixo. Limpado meus lábios. Arranhado meu pescoço e agora colocava a mão por baixo de minha camisa. Eu me detestei por não ter tomado banho naquele dia.

De repente, meu braço esquerdo começou a formigar sem motivo aparente. Eu queria ignorá-lo. Ele podia gangrenar e cair, mas não perderia a oportunidade de ser tocado por Ceci. A dormência, no entanto, não me deixava em paz, nem Ceci, que já estava subindo em meu colo. Tentei segurá-la, mas o braço dormente não reagiu. Eu precisava verificar o que tinha de errado com ele, mas não queria perder aquela sensação. Eu precisava saber. Precisava tocar Ceci também. Então abri os olhos e despertei.

Eu estava deitado sobre meu braço esquerdo e sobre a caixa de pizza.

Parte dois

Ano-Novo

O gosto de molho de tomate ainda morava em minha língua, e os restos depositados em minha blusa estavam secos e esfarelando. Eu não precisava checar o celular para saber que já passava da hora do almoço — o calor do sol tinha feito de meu quarto uma estufa, e eu podia observar os minúsculos flocos de poeira pairando no ar. Aquilo era bom. Eu tinha cortado o tempo de interação com eles pela metade.

Ouvia risadas no andar de baixo. Tudo parecia bem. Exceto pelo fato de que aquele seria um dos piores dias da viagem. O dia no qual eu me veria mais sozinho do que nunca.

Não entenda mal, eu gostava de ficar sozinho. Era como um peixe beta. Meus hábitos eventualmente matariam ou, no mínimo, tornariam um inferno a vida de quem decidisse dividir o aquário comigo. Porém, por mais que levasse isso como um hábito, também queria que eles desejassem minha presença. Queria que sentissem minha falta. E aquelas risadas indicavam que meu desejo estava longe de ser verdade.

— Aqui — disse Jacó sem nenhuma entonação enquanto jogava uma fita de tecido em meu peito.

— O que é isso? — perguntei ainda analisando o objeto.

— É a pulseira pra entrar na festa — respondeu Ceci.

Eu estava evitando olhar para ela. Só de ouvir sua voz, já me lembrava da cena de ontem e não sabia até que parte havia sido delírio.

— Festa? Pensei que iríamos passar a virada aqui em casa...

— Nah! De jeito nenhum! Temos que aproveitar ao máximo o tempo com o Jacó aqui. Daqui a pouco ele volta para as festinhas alemãs sem graça... — falou Lelia, olhando apenas para meu irmão.

— Daqui a pouco ele nem vai mais em festinhas — completou Ceci, provavelmente se referindo ao casamento.

— Nem pense em não ir — Lelia tinha uma expressão dual no rosto: ela queria que eu fosse, mas ainda estava com raiva.

— Eu vou. Sei que não suporta esses lugares sem mim — falei com bom humor, mas ela não riu.

Nós éramos pensantes. Racionais. Tínhamos o melhor gosto musical. Não suportávamos ambientes barulhentos com músicas que não passavam de batidas dissonantes e repetitivas e, às vezes, com uma frase ou outra no meio. Ela precisava de mim lá. Precisava de alguém que a entendesse, e Ceci não era essa pessoa.

Ceci era perfeita, mas não sabia o que constituía uma boa música. Ela preferia um remix, ou um funk 150bpm, a um jazz clássico. Era tudo, mas sabia tão pouco. Era nesse ponto que eu me questionava o porquê. Eu sabia o que Lelia tinha visto nela. Ela vira as mesmas coisas que eu. As pernas. Os olhos verde-mar. O cabelo na altura da nuca. Os cachos. Os lábios carnudos. A bunda. A risada. O sorriso alinhado. A vontade de saber. E isso sim era compatível com a gente, porque tínhamos vontade de ensinar.

A verdade é que a inteligência de Ceci era outra. Ela era inteligente com pessoas. Sabia ganhar a atenção inteira para si. Sabia desenrolar qualquer assunto com qualquer pessoa. Sabia falar do seu trabalho, de técnicas de escrita e construção de personagens, mas não sabia nada sobre culinária, ou marketing, ou roteirização. Só falava francês — e eu amava pegá-la num erro. Não sabia guardar dinheiro. Não era inteligente nas coisas em que eu era inteligente. E isso fazia dela um ser inferior porque eu ignorava suas outras inteligências. Apenas para me sentir melhor comigo mesmo.

— Não fica com essa cara, não fiz por mal. Você me conhece — disse quase em sussurro.

— Te conheço bem até demais. Me assusta — falou e sorriu um sorriso relutante. — Mas eu não te entendo. Conheço, mas não entendo. Queria poder entrar na sua cabeça por um dia.

Não gostaria não. Você veria sua namorada subindo em cima de mim ontem.

— Somos gêmeos de mente. Não tem nada aqui que você já não tenha sabido ou vá saber em algum momento.

— Me conta um segredo — disse Ceci se aproximando tão silenciosamente quanto um sopro. Se a brisa não tivesse carregado seu cheiro até minhas narinas, sua aproximação teria me assustado.

— Por que eu faria isso? — falei sem tirar os olhos do mar.

— Porque os segredos aproximam as pessoas, e eu quero me reaproximar de você! Lembra quando a gente contava tudo um pro outro? — perguntou também encarando o mar, com as duas mãozinhas apoiadas no parapeito da ampla varanda.

— Os segredos não aproximam ninguém. Eles tornam as pessoas reféns umas das outras.

Ainda mais quando meus segredos só envolvem você, Ceci. Se bem que não seria tão ruim assim se você fosse minha refém.

— Tem certeza de que você não é mesmo um vampiro? Sem coração e sentimentos? — disse rindo, mas eu permaneci imóvel. — Desculpe! Lelia me contou dessa brincadeira de vocês, por você ser uma pessoa fria e...

Antes que ela pudesse terminar, peguei uma de suas mãos e coloquei em meu peito. Bem no meio, onde a camisa esvoaçante praiana estava desabotoada. Bem em cima de meus pelos. Ela se assustou por um momento, mais por ter sido inesperado do que pelo movimento em si. Parecia gostar de me tocar.

— Eu tenho sim um coração.

Sinta, Ceci. Sinta a arritmia causada por sua presença.

— Ele tá batendo bem forte… — disse meio sem graça. Ela encarava a própria mão. Podia estar desconfortável com aquilo, mas não recuara nem um centímetro. Sequer insinuou qualquer movimento.

Desejei que ela arranhasse meu peito como me arranhara noite passada. Ali. Em público. Desejei que rasgasse minhas roupas, montasse em mim, limpasse algo em meus lábios. Desejei que nos beijássemos loucamente até alguém ouvir e duvidar da própria sanidade ao observar a cena. Desejei acabar com tudo e tomar uma iniciativa.

Mas apenas afastei sua mão e coloquei de volta no parapeito do muro decorativo que cercava o ambiente.

— Ontem à noite — começou. *Ela* tocara no assunto. Isso me isentava de qualquer culpa — O que foi ontem à noite? — Ela pareceu confusa.

— O que quer dizer? — perguntei ainda mais confuso. Nada naquela pergunta me permitia delinear o que havia sido real e o que fora sonho.

— Me diz você! A gente estava conversando e de repente você dormiu!

— Dormi?

Era possível. Já tinha acontecido. Mas eu não queria que aquilo tudo fosse apenas fruto da minha mente.

— Não é como eu me lembro.

— Do que se lembra?

— Só sei que acordei na cama, mas estava na cadeira. Se dormi na cadeira, como fui parar na cama? — falei.

Ela devia estar querendo me driblar. Tinha feito algo e se arrependido. Tinha traído minha irmã comigo. Queria ver se eu me lembrava. Eu lembrava.

— Eu sei lá, Nathan. Eu saí assim que você dormiu. Apagou, na verdade — ela parecia hesitante, mas costumava agir assim sob pressão.

— Eu também não faço ideia — disse e dei um sorriso sarcástico. Sorriso de quem sabia. Ela retribuiu com um olhar de quem também sabia.

Um segredo pairando. Um refém do outro.

Jacó tomava um *Bourbon* com cinco pedras de gelo na poltrona da área externa. Usava uma camisa tradicional branca com um símbolo que lhe adicionava quatro dígitos. Encarava o mar com o cenho franzido. Tinha cheiro de perfume caro, mas identificar odores não era minha especialidade, então não me arriscaria a dizer qual. Eu só era bom em cheirar o cheiro de Ceci. Baunilha.

— Pronto? — perguntei, sentando-me na poltrona de madeira ao seu lado.

— Sim.

— Você só fica monossilábico quando está chateado. O que foi?

— Não te vi pedindo desculpas pra Lelia.

— A gente se entende de outros jeitos.

— E eu não entendo vocês.

— Relaxa! Já tá tudo bem — falei apoiando a mão em um de seus ombros e ele me olhou desgostoso.

— Quer atrair amor para o próximo ano? — perguntou-me, indicando minha camisa com um olhar brincalhão.

— Vinho não é a cor do sexo? Merda! — falei encenando uma decepção e lhe arranquei uma risada bufante.

— Eu sei que você me expulsou do quarto ontem porque não quer falar sobre o assunto e te respeito. — Jacó disse e olhou em volta para verificar se as meninas não estavam por perto. — Mas não dá pra você viver pra sempre preso nisso. Tem que se dar uma chance. É seu futuro, cara! Você não pode continuar vivendo como se o relacionamento delas não fosse real, como se tivesse uma chance...

— Talvez eu tenha...

— Não, Nathan, não tem!

— Ela me beijou noite passada — falei com firmeza, apesar de não estar certo quanto ao nível de veracidade daquilo.

— Você tem tomado seus remédios? — Desviei o olhar para o mar escuro. — Nathan, você tem tomado seus remédios?

— É claro, Jacó. Não precisa me lembrar disso.

Mas eu não estava, já fazia dois meses.

— Desculpe! Sei que não gosta de falar disso, mas precisava perguntar. Você sabe o que acontece quando para...

— Vamos? — perguntou Lelia. — Ceci já está no carro.

Nós iríamos de táxi, obviamente. Eu era o único que não beberia, mas também era o único sem carteira de motorista. Sentei-me ao lado de Lelia no banco de trás, Ceci ao lado dela, na janela oposta à minha, e Jacó no banco ao lado do motorista.

A fila se agigantava por quase todo o quarteirão, e torci para que aquelas pessoas não estivessem indo para o mesmo lugar que nós. Desejei arduamente que aquele som que fazia o vidro das janelas tremerem também não pertencesse ao nosso destino. Desejei quase tanto quanto desejei, a cada segundo do trajeto, olhar para Ceci. Eu podia sentir seu cheiro, de baunilha e laquê. Ouvia sua respiração ansiosa e seus pezinhos mudando de posição, mas ainda não tinha olhado para ela.

Jacó tinha razão. Eu podia ter imaginado tudo. Poderia, inclusive, ter imaginado as microrreações de Ceci na conversa que acontecera mais cedo naquele dia. Podia ter imaginado tudo, afinal, era isso que a ausência da medicação causava, né? Eu precisava pensar no futuro. Num futuro sem Ceci.

Qualquer um que tentasse me convencer de tomar essa decisão teria meu completo desprezo, mas não era qualquer pessoa. Era Jacó. A única pessoa que eu considerava superior. A única que eu ouvia e respeitava porque era mais inteligente que eu. Era mais sábio que eu. Era mais livre que eu. Jacó era Jacó, e era sem medo. Sem medo de que duvidassem, humilhassem ou o passassem para trás. Jacó tinha a liberdade de ser quem eu sempre desejei, e que sabia que nunca seria.

No entanto, minha racionalidade vacilou por alguns segundos. Ao sair do carro, Ceci olhou diretamente para mim, como se quisesse que eu olhasse para ela. Ela queria. Queria que eu não conseguisse tirar os olhos dela. Queria que eu me rendesse à sua beleza. Queria sugar minhas energias. Queria me fazer desistir de viver sem ela.

Usava um conjunto branco de mangas esvoaçantes. As pernas expostas brilhavam ao refletir as luzes decorativas da casa de eventos onde entraríamos dali alguns minutos. Tinha um contorno branco em volta dos olhos. As bochechas rosadas, até demais. E os lábios. Os lábios beijáveis estavam pintados com um tom de cereja. Perguntei-me se o gosto também seria esse.

— Não se preocupem com a fila. A gente vai entrar pelos fundos — disse Lelia, rompendo a linha invisível que conectava meu olhar ao de Ceci até o momento.

— A galera da fila vai querer nos matar — disse Jacó, rindo, ao encarar a interminável linha humana.

— Que matem o Matheus, então!

— Matheus, Matheus? — perguntou Ceci como se soubesse de algo além de seu nome.

— Sim, o Matheus, Matheus. Ele é sócio aqui — respondeu minha irmã.

Como Lelia sabia algo que eu não sabia? Por que ela tinha comparti-lhado com Ceci e não comigo? Eu era seu irmão. E gêmeo de mente. Ceci era só a namorada.

Não sabia como as pessoas de fato desejavam ir a festas como aquela. As caixas apenas faziam um barulho perturbador — eu me recusava a chamar aquilo de música —, o chão ficava grudento de areia e bebida, o calor tornava a aglomeração ainda mais desconfortável, e a comida cara não fazia o evento mais convidativo para pessoas como eu. Ou Lelia. Mas ela não estava ali por nenhum desses motivos. Estava ali por Ceci. E, de certa forma, eu também.

Estávamos num camarote que ficava alguns metros acima do nível da areia. Conseguíamos ver o mar, o céu aberto — onde ocorreria o show pirotécnico mais tarde — e o formigueiro abaixo de nós. Era tanta gente que quase não se via a areia. Só podíamos imaginar o que havia debaixo daquelas centenas de pares de pés. Nós poderíamos descer se quiséssemos, já que nossas pulseiras nos davam livre acesso a toda a estrutura, mas eu não arriscaria ser engolido pela multidão, ou pior, grudar no suor de alguém. Já bastava não estar sozinho no camarote.

Apesar de mais exclusivo, dividíamos o local com outras pessoas. Talvez umas cinquenta. Porém, tínhamos uma mesa e poltronas confortáveis só para nós. Todos ali tinham, na verdade.

Jacó já havia reivindicado o lugar em que queria se sentar, Lelia e Ceci se acomodaram em seguida, e eu fiquei com o assento sobressalente. O pior de todos. Ficava logo ao lado da escada de acesso à pista comum, o que trazia infortúnios, como gente esbarrando e derramando bebida, mas era também ao lado de Ceci.

Aquilo tornaria mais difícil a missão de imaginar a vida sem ela, mas, no fundo, era o que eu queria. Deixei que se sentassem primeiro para que eu pudesse ficar ao lado dela. Nunca fazia nada sem pensar. Quase nunca.

A música já estourava meus tímpanos e não seria exagero dizer que ficar ali se tornava cada vez mais insuportável. O álcool era a única explicação racional para a animação generalizada das pessoas. Talvez eu devesse tentar alguma coisa.

Fui até o bar e pedi o drink com nome menos enigmático. Minha pulseira me dava acesso também ao *open bar*. Ao menos, se eu não gostasse, podia jogar fora sem ter desperdiçado uma fortuna.

— Você podia pelo menos ter arrumado o cabelo pra vir — comentou Ceci, que havia me seguido até o balcão.

Você notou Ceci. Notou meu cabelo desgrenhado e embaraçado. O objetivo de ele estar assim foi cumprido.

— Eu não me importo com o meu cabelo.

— Deveria. Seu cabelo é lindo. Se fizesse algo assim... — falou arrastando algumas mechas pretas de meu cabelo para trás, como num topete.

Eu senti aqueles dedinhos por entre os fios. Varrendo com amor os desalinhados. Colocando-os no lugar.

Fique com as mãos aí Ceci.

Ela só quer mexer com você, disse meu próprio cérebro, *ela não te ama.*

— Seu Mojito, *cara* — disse o bartender arrastando um copo suado pela madeira da bancada. Foi quando percebi que ainda estava de olhos fechados. Imaginando.

— Você? Bebendo?

— Não tem outro jeito de aguentar um lugar desses.

— Vai com calma, já que não tá acostumado...

— Posso me cuidar sozinho — falei e a abandonei na cadeira giratória. Não era o que eu queria, mas deixei-a antes que ela o fizesse.

10, 9, 8, 7...

Novo ano. Recomeços. Vida sem Ceci.

...6, 5, 4...

Nos últimos segundos daquela velha história, destinei meu olhar para ela. Encarei-a mais profundamente que qualquer outra vez. Os olhos estavam mais cheios de expectativa do que nunca. O sorriso era largo, e os braços de Lelia a envolviam pela cintura. Elas se encaravam e gritavam a contagem regressiva de frente uma para a outra. Foi então que Ceci, nos últimos mínimos fragmentos de segundo, me encarou. Prendeu seus olhos aos meus. Ela era uma força. Sabia que eu estava deixando-a, e não queria. Seus laços invisíveis não permitiriam que eu partisse.

3, 2, 1...

Adeus.

— FELIZ ANO-NOVO! — um coro acompanhado de gritos comemorativos soou por toda a orla.

Palmas, assovios. O beijo.

O beijo do primeiro segundo de um novo ano. A tradição que pretendia selar o destino para os dias vindouros. Lelia puxou Ceci para si com um desejo visível. E eu levei meu copo à boca. O líquido destilado gelado. As folhas de hortelã tocando meus lábios. Mas não foram só elas.

Uma mão firme segurou meu pulso pendente e me forçou a virar. Assim que o vidro abandonou minha boca, a dona da mão me beijou. Um beijo assustado e nada tímido. Meus olhos permaneceram abertos. Sua mão também não largou meu pulso. Como se não quisesse que eu saísse.

Dalila queria alguém para cuidar. Queria alguém para acariciar seus fios crespos, elogiar seus olhos castanhos e assegurá-la de que não, seus seios não eram *caídos demais*. Aquele beijo foi o começo de tudo.

— Feliz Ano-Novo, estranho — disse com um sorriso gigante.

— Feliz Ano-Novo, estranha — falei, imitando-a. — Uau!!!

— O quê?

— Seus olhos. Parece que enxergam a minha alma. Lindos — falei e suas bochechas coraram. O sorriso, como se já não fosse grande o suficiente, alargou-se ainda mais.

Imaginei que, com olhos lindos como aqueles, ela já teria ouvido todo tipo de elogio. Mas ela ainda segurava meu pulso.

— Cantadas envolvendo os meus olhos são sempre as primeiras.

— Foi só a primeira coisa que disse, mas podia ter falado dos seus pezinhos, os únicos que provavelmente ficam realmente bonitos em chinelos comuns... — disse, apesar de ser mentira.

Afinal, os de Ceci ficavam ainda mais bonitos, mas ela não fazia mais parte dessa vida, né?

— Ou do formato dos seus dedinhos pressionando meu pulso, ou da sua boca, que adorei antes mesmo de vê-la.

— Uau!

— O quê?

— Suas palavras.

— Sou muito bom com elas.

Brega. Mas era legal ser brega com alguém além de Ceci.

Jacó estava tão bêbado que precisei carregá-lo até o quarto. Eu também estava muito bêbado, mas alguma racionalidade ainda restava no fundo de meu cérebro. Depois de Dalila, só vi os outros na hora de ir embora. Dançamos. Nos beijamos. Bebemos. Rimos. Conversamos. Nos beijamos. Bebemos. Bebemos. Nos beijamos.

Levei Dalila conosco. Não poderia deixá-la sob os cuidados de mais ninguém. Nunca mais. Ela era meu passe para a vida longe de Ceci. Eu não conseguia imaginar ninguém que o fizesse melhor do que ela, afinal, Dalila fora a única que conseguira me fazer esquecer Ceci, mesmo que por alguns minutos.

Deixei-a em minha cama. Ela também estava muito bêbada. Eu dormiria na sala para que ela ficasse mais confortável. *Tudo por ela.*

Após tirar a camisa suada e a bermuda melada, reuni tudo o que precisaria para dormir no andar debaixo. Ao chegar à sala, avistei Ceci. Ela enchia uma garrafa transparente de água. Não tinha a mesma mágica. Era como se Ceci e sua perfeição tivessem sido banalizadas. Até que ela me olhou. E sorriu. E então eu soube que nada, nem mesmo alguém como Dalila, conseguiriam arrancar o que eu sentia por ela.

— Você tá bem? — perguntou, se aproximando do sofá em que eu pretendia dormir.

Tentei ficar de costas para ela. Talvez assim desistisse de se achegar.

Vá embora Ceci. Não conseguirei me livrar de você se você continuar esfregando na minha cara o seu brilho assassino.

— Me obriguei a ficar. Eles precisavam de mim — falei me referindo à Jacó e Dalila.

— Trouxe sua amiga, né? — a ironia em sua voz era quase imperceptível, mas estava lá.

— O nome dela é Dalila — disse ainda sem encará-la.

— Ela é bonita, né?

"Ela é bonita, né?", disse Ceci apontando para Lelia.

"Sim, Ceci. Dizem que somos parecidos", comentei tentando arrancar-lhe algum sinal. Qualquer que fosse.

"Ah. Acho que não. O que não quer dizer que você não seja bonito. Você é. Muito. Mas não se parecem. A não ser pelo furinho no queixo". *Era um sinal? Aquilo era um sinal?*

"Obrigado! Você também é linda". *Linda? Era demais?*

"Eu nunca disse que você era *lindo*", comentou com bom humor. Eu podia ver seus olhos se apertando por trás dos óculos escuros.

Queria rir. "Brincadeira. Vocês são lindos. Não teria chance com nenhum dos dois", completou. Mas ela tinha, com qualquer um dos dois, a hora que quisesse. "Se bem que acho que nós daríamos um casal legal. Dizem que é bom se namorarmos nosso melhor amigo", falou enquanto recostava a cabeça em um de meus ombros expostos.

"Quem sabe". Eu sabia. Eu queria. Mas tinha medo de querer.

— Linda. Ela é linda. — falei, finalmente, olhando em seus olhos.

— Fico feliz por você — comentou enquanto tomava a frente para terminar de arrumar minha cama improvisada. — Você merece achar alguém legal.

— E não merecemos todos?

— Sim — disse encarando os próprios pés. — Só quero te dar o apoio que você *não* me deu quando comecei a ficar com a Lelia.

— Eu só queria que você estivesse avisada...

— Não. Você mentiu. Disse coisas terríveis sobre ela. Eu quis me afastar por isso. Mas ela me intrigava demais para que eu simplesmente *deixasse pra lá*.

— Eu a conheço bem melhor que você. Sei bem que tudo o que disse era verdade. Crua e difícil de ver, mas era a verdade.

— Ela não é louca. *Você é.*

Fechei os olhos por alguns segundos e respirei fundo.

Eu era. Eu sou. Mas ela não podia saber.

— Não sei se foi por algum ciúme ridículo, ou simplesmente porque você não sabe o que ser amigo significa...

— Foi porque você me deu esperanças, Ceci.

— Quê?

— Eu nunca te intriguei? Eu e Lelia somos iguais. Eu nunca te deixei *intrigada demais para deixar pra lá*?

— Sim, Nathan. Intrigou, mas eu cavei até meus que meus braços se fatigassem e você não me deu nada.

— Eu tinha medo, Ceci.

— Do quê?

— De deixar alguém me ver de verdade.

— Quem sabe o que poderia ter acontecido se...

— Me dá uma chance! — clamei vergonhosamente.

— Algumas coisas só não foram feitas para serem reais. Continue *sonhando* comigo.

O sol já havia dado os primeiros sinais e uma flecha luminosa invadiu a sala. Bem em meus olhos. Olhei para as grandes portas de vidro que davam passagem para a varanda por um segundo e Ceci sumiu. Como se nunca tivesse estado lá.

Deitei-me nas curtas almofadas e peguei meu celular. Escrevi:

"Tenho medo de abrir mão das memórias porque isso significa que terei de abrir mão de você."

Parte três

Falsas promessas

Minha boca estava seca e com gosto ruim. Não como esses gostos desagradáveis que normalmente nos dominam pela manhã. Era o gosto que eu imaginava que quem bebia experimentava. Gosto de ressaca, talvez. Mas não foi isso que me acordou. As mãos delicadas de Dalila apertaram meu bíceps nada desenvolvido, e eu despertei num susto.

— Bom dia, estranho!

— Que horas são?

— *Bom dia, estranho* — repetiu, como se fizesse questão das cordialidades. Era nítido que aquela não seria fácil de manipular, ainda que fosse possível.

— Bom dia, estranha — disse, correspondendo às suas exigências. — Que horas são?

— Duas da tarde — falou com a maior naturalidade, como se não parecesse absurdo acordar naquele horário. — Eu preciso voltar pra casa...

— Não! — exclamei, colocando-me sentado no sofá. A rapidez do movimento me deixou tonto, ou talvez tenham sido os alcoólicos da noite anterior. — Fique aqui comigo!

— Minhas amigas devem estar preocupadas...

— Elas não precisam — falei, envolvendo-a em meus braços. Ela abriu um sorriso tão honesto, tão puro, e eu soube que realmente não poderia deixá-la ir.

Era precipitado. Claro que era. Mas eu estava tão desesperado para sentir que algo corria bem na minha vida, que não me importei em seguir os protocolos socialmente aceitos. Muitos dos quais envolviam *fazer cu doce*.

— Vamos lá pra cima!

Ninguém tinha acordado ainda. O silêncio reinava em todas as arestas daquele lugar, mas eu queria preenchê-lo, preenchê-lo com o meu prazer. Levei-a de volta à cama de solteiro apertada e não suficientemente higienizada de meu quarto. Eu não costumava arrumá-la; afinal, não tinha visitas habituais.

Tranquei a porta atrás de mim, e Dalila já desabotoava a calça larga de crochê. Ela tinha entendido. Ela *me* entendia.

Mais um sexo sem propósito? Perguntou algum desgraçado no interior na minha cabeça. Ignorei-o. Arranquei minha blusa esfarrapada e corri para beijá-la.

O corpo de Dalila era quente e liso. Sua bunda era voluptuosa e os peitos, ah, os peitos, me roçavam com uma delicadeza extremamente sensual. A blusinha, também de crochê, desapareceu em segundos. Deitei-a, e a cama reclamou. Queria que ouvissem. Nos ouvissem. Ouvissem o prazer que eu era capaz de dar a uma mulher.

Dalila não cheirava a baunilha. Era alguma coisa mais amadeirada, mas não como nos perfumes. Aquele parecia ser o cheiro da pele dela. Era envolvente. Podia me viciar naquele aroma.

Suas pernas eram fortes e torneadas. Envolveram minha cintura, e eu não tinha como escapar de seu domínio. Ela parecia gostar disso. De ser responsável por decidir o que faríamos. Eu não me importava de deixá-la pensar que podia.

— Pode fazer o barulho que quiser. As paredes são grossas — menti.

Grite meu nome, Dalila.

Fechei os olhos, me concentrei em sentir cada movimento. Cada toque. Queria memorizar cada detalhe daquilo para conseguir reproduzir em minha mente mais tarde. Mas tudo ficava estranho porque, por mais que eu tentasse evitar, imagens de Ceci invadiam a minha mente. Era nela que eu pensava a cada gemido. Era ela que eu queria sentir ali debaixo do meu corpo. Era a pele dela. O gosto dela.

Abri os olhos a fim de me obrigar a sentir Dalila, mas ainda era Ceci. Eu olhava os olhos castanhos de Dalila e enxergava os verdes de Ceci. A franja suada de Dalila era como os fiapos encaracolados de Ceci. O cheiro. O sorriso. Minha mente estava substituindo-a por quem desejava que de fato estivesse ali.

Me desconcentrei e ela terminou primeiro que eu. Eu tinha feito uma estranha gozar. Uma mulher sobre quem eu sabia apenas o nome. Imagine o que eu poderia fazer com aquela que eu realmente amava.

Sem me importar muito com o que aconteceria depois, me coloquei ao seu lado e ela deitou a cabeça em meu peito.

— Você não é bom só com as palavras — ela disse, se ajeitando.

Não respondi. Não queria conversar. Eu pensava que ela me faria esquecer Ceci, porém foi só dela que eu consegui lembrar. Fechei os olhos e peguei no sono antes que Dalila falasse qualquer outra coisa ou que meus pensamentos começassem a me perturbar.

Uma queimação subiu pelo meu peito e eu soube que iria vomitar. Corri o mais rápido que pude até o banheiro do corredor e cheguei a tempo de despejar-me na privada. Uma cena lamentável que nunca me imaginei protagonizando.

— Tá tudo bem aí? — perguntou a voz, a doce voz.

— Hã... não? — falei com sarcasmo.

Era óbvio que não estava tudo bem. Eu estava agachado e vomitando no vaso. Como isso poderia ser causado por algo bom?

— A primeira ressaca costuma ser a pior — falou, aproximando-se com a sutileza de quem ignorava todas as minhas investidas grosseiras. — Deixa eu te ajudar...

Ceci arrastou o tapete felpudo para baixo de meus joelhos. Ela usava papéis metálicos no cabelo, e eu não sabia o porquê. Antes que eu pudesse perguntar, senti outro jato vindo, e ela imediatamente segurou minha testa.

Ceci estava cuidando de mim. Apoiando minha cabeça gentilmente e evitando que eu sujasse todo o banheiro de vômito. Preocupou-se até com os meus joelhos. Ela devia me amar também.

— Lelia sabe fazer uma receita infalível para esses enjoos. Assim que ela acabar de cozinhar, vou pedir para ela fazer. Tem um cheiro ruim e é meio nojento, mas faz o incômodo passar na hora.

— O que é isso no seu cabelo? — perguntei com a voz rouca.

— Daqui a uns minutos você vai ver — respondeu ela com uma cara de repúdio enquanto eu a encarava.

Eu deveria estar um caco. Ela pegou um pedaço de papel higiênico e limpou o canto da minha boca.

Desculpe, Ceci. Não queria que me visse assim. Isso é nojento. Me perdoe. Mas não pare de cuidar de mim. Nunca.

— Não acredito! — exclamou Jacó à porta — Você bebeu? Ficou LOUCO? — Ele estava de ressaca tanto quanto eu, mas, definitivamente, também estava bravo.

— Eu não misturei, relaxa — falei. Assim que vi sua expressão deduzi sobre o que ele se preocuparia.

— Como não? Você disse ontem que...

— Eu menti. Depois falamos disso — respondi. Seus olhos faltaram saltar das órbitas.

"Você não pode misturar esses remédios com bebida alcoólica", disse o Dr. Bill ao final de nossa quarta sessão. "Os efeitos colaterais podem ser perigosos. Algumas medicações já podem causá-los por si só, então recomendo que leia a bula com atenção."

"Alucinações, dor de cabeça, diarreia...", falei, lendo parte dela em voz alta. "Tem certeza que vão me ajudar? Eu já sinto essas coisas normalmente."

"Vamos começar com o Oxinidril e ver como seu corpo reage. Podemos substituir, aumentar ou diminuir a dose. Tudo para ser mais confortável para você. Os outros são exatamente para evitar a manifestação desses efeitos colaterais."

"Se eu beber...".

"Se você beber, as coisas podem ficar feias ou o remédio pode simplesmente parar de fazer efeito."

"Sorte que não tomo alcoólicos."

Aquela mistura era realmente nojenta e fedida. Parecia pior até que o meu próprio vômito. Ela me encarava desde que Lelia a trouxera e colocara na escrivaninha. *Vai vomitar assim que sentir meu gosto*, disse repetidas vezes. Mas eu precisava dela.

Quando me coloquei sentado na cama para ingerir aquela vitamina repugnante, notei que meu computador estava com a tela acesa. Eu não mexia nele desde o dia anterior. Aproximei-me da tela, e o bloco de notas estava aberto. Tinha um recado. Foi só então que me dei conta de que não tinha visto Dalila ir embora. Não tinha sequer percebido sua ausência. Quase como se ela não passasse de mais uma de minhas alucinações.

"Você parecia dormir como um anjo, então não quis te acordar. Precisava encontrar minhas amigas. Vou deixar meu telefone aqui e é melhor me mandar uma mensagem antes que eu bata aí e pergunte que porra você quer comigo então.

Dalila

Obs.: 0201 não é uma senha muito óbvia, mas continua sendo tosca."

Eu sorri. Podia imaginá-la dizendo aquelas palavras. E gostei delas, mesmo não sendo tão eloquentes e românticas como aquelas narradas nos livros. Era bem a cara de Dalila, e eu descobriria isso em breve.

Como se aquele recado não gritasse sua personalidade o suficiente, ao lado do computador estava sua calcinha. Um *souvenir*. Aquilo, de alguma forma, mostrava que ela sabia que eu ligaria. Era da cor vinho. Amor. Ela queria amor para aquele ano. E eu o seria. Por ele e por todos os próximos.

— Finalmente saiu daquele ninho — reclamou Jacó, puxando-me pelo braço antes que eu pudesse me sentar para comer com eles.

Ele me guiou até a varanda e fechou as portas de vidro para que Lelia e Ceci não escutassem. Estava furioso, dava para ver em seus olhos. As rugas se pronunciavam ao redor dos olhos e no canto dos lábios. Quando ficava bravo assim, até sua pele perdia um pouco do brilho.

— Que merda é essa, Nathan? Eu queria te meter um soco lá no banheiro mesmo! Primeiro, traz uma total desconhecida pra cá...

Ok. Dalila não foi um delírio.

— Segundo, enche a cara sem nunca ter bebido uma gota de álcool. Não sei o que é pior: se é ter parado de tomar sua medicação *obrigatória* — falou dando ênfase à última palavra — ou se tivesse misturado as duas coisas. Por isso veio de conversinha dizendo que "a Ceci te beijou", não é?

— Não é obrigatória, Jacó...

— É sim! Era a condição para você morar sozinho, lembra?

— Eu estou bem! Não preciso mais.

A verdade era que eu não queria precisar mais.

— Você pode enganar o papai e a mamãe. Pode enganar até seu médico. Mas eu vejo você de verdade. Eu te enxergo. Vejo nos seus olhos...

— O quê? A loucura? — falei.

Ele me achava louco. Era por isso que ninguém mais podia saber sobre o meu remédio. Receber esse mesmo olhar que Jacó me dava — um olhar de pena misturado com medo — de mais pessoas seria insuportável.

— Não, Nathan. Vejo que você precisa. Só isso. É pro seu bem.

— Eu não consigo ser quem eu sou com aquela merda. Não consigo pensar direito.

— É agora que você não está pensando direito.

— Esse sou eu Jacó, nunca fiz mal a ninguém. Não sei por que tamanha preocupação.

— Porque está fazendo mal a você mesmo! Imaginando e ouvindo coisas... isso não é vida!

— É a porra da *minha vida*. Se você acha que seu jeito de pensar é o melhor, o ideal, terá que medicar Lelia também. Porque ela é igual a mim.

— Ela é uma versão saudável do que você pensa ser. Você pode ser como ela, Nathan, só precisa tomar os remédios...

— EU NÃO VOU TOMAR!

Então senti. Senti o acesso de raiva vindo. Me enxerguei sufocando Jacó até sua pele perder o viço. Até seus olhos ficarem vermelhos. Me vi socando seu rosto até ele implorar para que eu parasse. E todos veriam. Todos *me veriam* como sou.

— Você vai perder tudo, Nathan. Se a mãe souber, você volta para casa. Sabe disso. Vai perder tudo que tanto quis. Sua liberdade, sua independência...

Ele tinha razão. Eles me trancariam no apartamento de São Paulo de novo. E os olhares voltariam. Me julgariam. Condenariam. *Você é maluco da cabeça. Coitada da sua mãe, criou um psicopata.* Eu tinha que pelo menos fingir que estava tudo bem. Fingir que só tinha parado por uns dias. Só assim conseguiria pensar com a minha cabeça e deixá-los em paz com suas consciências.

— Eu parei de tomar têm só duas semanas, Jacó. Sabia que ia querer beber aqui. Também sei como é perigoso misturar — falei com toda verdade que fui capaz de performar. Essa era outra coisa que só conseguia fazer sem o Oxinidril: manipular.

— Assim que voltar pra São João, você volta a tomar. Não tem desculpa — falou Jacó com a firmeza de quem aponta um revólver.

— Confie em mim! Eu sei que preciso deles.

Eu podia não ser bom com as pessoas. Podia não conseguir superar Ceci, mas era bom com as palavras, e em fazer com que as pessoas acreditassem nelas. No fim, eu realmente nunca tinha feito nada a ninguém, e todos que me olhavam de longe gostavam de mim. Era por isso que ninguém podia chegar perto demais.

Ronald havia me encaminhado um e-mail naquela tarde. Precisávamos desenvolver um roteiro de entrevista para uma subcelebridade da cidade. Eu trabalhava na emissora de tevê local de São João del-Rei como redator, o que basicamente significava fazer um pouco de tudo. Criava conteúdos, trabalhava com o marketing e desenvolvia roteiros para as inúmeras pautas que enfiavam na programação vespertina do jornal.

A subcelebridade em questão era uma blogueira de moda. Dessas que aparecem pela beleza e crescem pelo carisma forçado. Ela tinha feito faculdade comigo, e sua personagem nas redes sociais era no mínimo patética. Porém, eu precisava cavar algo de interessante para ser perguntado a ela. O problema era que nem eu, nem o Ronald, fazíamos a menor ideia do que essa gente é capaz de agregar numa entrevista, menos ainda o que o público gostaria de ouvi-la falar.

Segurando-me na possibilidade de que Lelia talvez soubesse melhor que tipo de assunto poderíamos abordar, fui até o quarto dela para pedir sua opinião. A porta se abriu em apenas uma fresta, e Lelia esmagou as bochechas redondas nela.

— O que foi? — perguntou com um sorriso animado.

— Vim te pedir ajuda para um trabalho — falei tentando disfarçar meu instinto curioso que queria entrar naquele cômodo.

— Tá, mas antes você tem que ver uma coisa — disse e voltou o rosto para dentro. Ela pareceu sussurrar algo e, então, abriu a porta por completo com os braços estendidos. — *Tcharam!*

Era Ceci. Seus fios cacheados normalmente paravam na nuca. Agora, além de terem sido raspados na parte lateral, vários deles haviam ganhado a cor rosa. Um rosa choque bem *lavagirl*.

— O que achou? — perguntou Ceci de maneira graciosa.

Eu queria ter odiado. Queria tê-la achado menos atraente. Queria que aquela cor não trouxesse um contraste tão perfeito com seu tom de pele. Queria que seus olhos não tivessem ficado tão destacados. Queria que aquilo tivesse me ajudado a amá-la menos. Mas não foi o que aconteceu. Ela estava perfeita. Parecia uma pintura. Como se aquele cabelo fosse feito para enquadrar seu rosto.

— Acho que ele gostou. Tá até de boca aberta — falou Lelia em tom de brincadeira.

— Ficou… lindo — admiti. — Mas preferia como era antes.

Parte quatro

O dia mais terrível do ano

Eu queria ser Lelia. Queria estar em sua pele. Ter seu cheiro. Suas habilidades com as mãos. E o cabelo brilhoso. Queria ser dono de sua mente. Sempre desejei essas coisas. Menos naquele dia. No dia dois de janeiro, eu sempre queria ser eu mesmo para poder observar minha irmã estragando ainda mais o dia menos favorito de Ceci. Só para poder consolá-la e juntar seus pedaços.

Não houve bebidas na noite passada, e minha ressaca já estava curada graças à mistura duvidosa de Lelia. Sendo assim, o sol, mais uma vez, foi responsável por me arrancar da cama logo cedo. Eu podia aproveitar a ausência de sono para tentar trabalhar na entrevista com a tal subcelebridade a partir das ideias que Lelia e Ceci haviam me dado horas antes, mas era como se meu corpo soubesse que aquele não era um dia bom. Podia prever. Como se meu corpo e o de Ceci estivessem tão intimamente ligados que eu fosse capaz de sentir sua mágoa e ressentimento crescendo à medida que a data se aproximava.

Todos ainda dormiam quando alcancei o andar de baixo. Queria esquecer Ceci. Queria aprender a viver sem ela. Queria superar, mas era aniversário dela. Aquele dia seria horrível por si só, eu não queria ser responsável por piorá-lo. Assim, por maiores que fossem meus impulsos de tratá-la com desagrado para fisgar sua atenção, ou a necessidade de me reafirmar superior, eu lhe daria uma folga. Me deixaria ser gentil por um dia.

Fui a pé até a padaria mais próxima com *The missing road* do *Radical Face* tocando nos fones de ouvido. Tive uma ideia para uma letra de música, mas ela logo escapou quando avistei Dalila em frente à entrada da *Pães e Açúcar*.

Ela tinha tranças que iam até os quadris com várias tonalidades misturadas. Loiro. Branco. Castanho escuro. Era a bagunça mais harmoniosa que alguém era capaz de realizar com aquelas cores. Usava uma saia jeans da largura de um palmo, um cinto rosa choque e uma blusinha de crochê. Ela se apoiava numa bicicleta e parecia impaciente, como se esperasse por alguém.

Por um segundo eu quase me esqueci do que tinha ido fazer ali. Foi quando ela me olhou que eu perdi toda a noção de tempo e espaço. Como se me ancorasse no fundo de seus olhos e não conseguisse desviar minha atenção dela. A energia que se estendia de Dalila até mim quase me causou um acidente com um skatista que não fui capaz de notar que se aproximava. Sorte minha que ele era bom no que fazia e tinha desviado sua trajetória. Eu, no entanto, não desviei meu olhar. Nem Dalila. Então, pela primeira vez, senti que era com ela que eu me casaria.

— Oi, estranho — disse assim que nossa distância era de apenas um passo.

— Oi, estranha — respondi abrindo um sorriso galante. — Gosto dessa coisa que você criou para nós.

— Nós — falou rindo com ironia. Ela não queria admitir que estava na minha. Mas eu já sabia.

— Acho que você deveria voltar lá para casa hoje — continuei, ignorando sua tentativa de descredibilizar nossa relação.

— Já tá apaixonado assim? — Ela gostava de ironia, e eu gostava de fingir que ela estava no controle.

— Pode chegar umas seis, vamos comemorar o aniversário da minha cunhada hoje.

— Festa de família? Essa relação está ultrapassando vários níveis de uma vez... — falou com tom de preocupação, mas com a feição de quem estava amando.

— Às seis — falei e entrei na padaria.

Eu não conseguia conter um sorriso de satisfação. Era ótimo para o meu ego conseguir uma mulher daquelas, por mais que ela não fosse quem eu realmente queria. Ninguém precisava saber que eu tinha fracassado na primeira opção.

Peguei pães frescos, uma broa de fubá, café para moer, bolinho de chuva, presunto, queijo e manteiga. Queria garantir que Ceci ao menos começasse o dia bem. Logo à porta, avistei uma banca de flores. *Seria estranho levar flores também? Seria suspeito? Ou era um flerte perdoável pela data comemorativa?*

Ignorando as vozes que se contradiziam na minha mente, comprei um conjunto de cinco girassóis enrolados em papel Kraft e celofane laranja. Imaginava que Ceci gostasse de girassóis. Ela era leve e alegre como um deles.

Dalila já tinha partido em sua bicicleta vermelha com a sainha jeans. Não me enciumei, afinal, ela não ia querer outros caras se sabia que podia me ter. *Seu egocêntrico de merda. Silêncio! Nem você acreditou no que acabou de dizer... uma mulher daquelas.* Exatamente! Uma mulher daquelas me queria. E queria só a mim.

Em poucos minutos eu já estava de volta ao castelinho de pedra que era nossa casa. Havia uma mulher na porta, baixinha e com um dólmã branco amarrado na cintura. Lelia estava toda bagunçada e ainda trajava seu pijama quando abriu a porta para a tal mulher. Quando as avistei pela primeira vez, ainda estava relativamente longe e pude perceber que minha irmã se desesperou por um momento. Seus olhos estavam arregalados e ela coçava a nuca, assim como em todas as vezes que ficava envergonhada ou ansiosa.

— Graças a Deus você chegou! — exclamou quando me viu começar a subir as escadas da entrada.

— O que tá rolando? — perguntei e vi que Lelia encarava os girassóis, intrigada.

— Han... o bolo! — respondeu após alguns segundos fitando o buquê. — Precisamos pagar por ele... e eu tinha te pedido... lembra?

Sim, eu me lembrava. Aquilo só significava que eu seria o responsável por todas as partes boas do aniversário de Ceci.

— Aqui — falei entregando as sacolas com as compras para minha irmã e, em seguida, pegando minha carteira. — Quanto?

— Duzentos e sessenta — disse a mulher sem nome e com expressão impaciente que segurava uma caixa e uma máquina de cartão.

Lelia pegou a caixa, e eu realizei pagamento. Ela parecia ainda mais constrangida após ver a confeiteira ir embora.

— Eu vou te pagar — disse sem me olhar enquanto encaixava a caixa do bolo na geladeira.

— Esquece isso.

Eu queria ter esse mérito. O gostinho de ser o único a fazer algo bom. Ganhar de Lelia pelo menos uma vez.

— Você vai preparar um café da manhã?

— É o que parece — respondi em tom de bom humor.

— Mas você nem gosta dela — comentou desconfiada. Aquilo mais pareceu um pensamento audível.

— Ninguém merece não receber nada no próprio aniversário.

— Ela não está recebendo *nada*! Tem o bolo, o vestido… — proclamou com os braços cruzados e eu apenas a encarei. Ela entendeu na hora. — Não é o suficiente, né? Ai, merda! Por que não me disse? Eu podia ter pensado em algo melhor…

— Não é minha responsabilidade pensar nessas coisas…

— Mas se você percebeu…

— Lelia, eu imaginei que você pensaria também. Não é como se pensássemos de maneiras muito diferentes…

Éramos diferentes, se fosse feita uma análise mais detalhada. Nossas mentes eram gemelares, mas ela ficara com a versão saudável, e eu com a patológica. No entanto, eu havia aprendido a me beneficiar de minha condição. Já Lelia se acomodara com sua inteligência levemente acima da média.

— Bom dia, família! — exclamou Jacó, descendo as escadas com suas pantufas de terceira idade.

— Bom dia, Jacó! — disse Lelia em uma felicidade pouco genuína. Não pela presença dele, provavelmente, mas porque tinha se dado conta de que não era suficiente para Ceci.

— Mói esse café pra mim! — pedi, entregando-lhe o moedor manual e o saco com grãos artesanais.

— Cadê a aniversariante? — perguntou, já assumindo o ofício de triturar o café.

— No quarto. Ainda dormindo… — disse Lelia visivelmente incomodada.

— Não está não, a porta estava aberta, e o quarto vazio quando passei por lá — comentou nosso irmão.

Nos entreolhamos por alguns segundos em silêncio. Já sabia onde ela estaria e, pouco tempo depois, Lelia pareceu também realizar a provável localização de Ceci. Eu precisava ser mais rápido.

— Eu sei onde ela pode estar. Termine de arrumar a mesa de café. Pode até falar que foi você quem planejou isso tudo. Eu não me importo — falei e Lelia ficou sem palavras. Ela sabia que não podia recusar a oferta e se odiava por isso. Se odiava por não ter sido a cabeça a pensar naquilo.

Peguei os cinco girassóis e corri até a praia. Se ela não estivesse onde eu imaginava, me mostraria que eu não a conhecia tão bem. Até conseguiria provar que era um pouco mais complexa do que eu queria acreditar que ela era. Mas lá estava Ceci, na cabine abandonada do salva-vidas a algumas centenas de metros, sendo totalmente previsível.

"Por que você vem sempre pra cá?", perguntei lá pela quarta vez que a tinha notado na cabine suspensa.

"Porque aqui ninguém me enche o saco", respondeu encarando o mar por cima de minha cabeça. "Só você. Mas eu gosto de você, então…". Ceci abraçava os joelhos enquanto eu estava apenas na entrada do cubículo, apoiando os cotovelos ao nível da plataforma em que ela estava sentada e com os pés ainda na escada.

"Eu gosto muito de você também", falei com temor. Não sabia se aquele gostar era o mesmo.

"Você salva meus verões", disse ela e sorriu. Um sorriso mais caloroso que o próprio sol que queimava meus ombros. "Entra aí! Gente branca igual a você não pode ficar muito tempo debaixo do sol".

O espaço era pequeno demais para duas pessoas. Ter que dividi-lo com boias duras e cordas apodrecidas tornava inevitável que nossos corpos se encostassem. E o cheiro de baunilha. Mesmo que enfraquecido pelo suor e pela brisa marítima, ainda estava lá. Eu podia senti-lo como se escapasse de seus poros.

"Vai começar a ficar calor aqui dentro", comentei passando um dos braços em volta de seus ombros.

"Tudo bem, por mim". Ceci ainda encarava o mar, e eu via o reflexo das ondas em sua íris. "Para de me encarar! Vou ficar constrangida", disse corando levemente.

"É que você é linda demais. É inevitável".

— Eu sabia que você apareceria por aqui — falou Ceci assim que coloquei a cabeça na altura da casinha do salva-vidas.

— Sabia mesmo? Eu sou tão óbvio assim? — Minha pergunta tinha o único objetivo de ser amigável, mas temia que ela respondesse afirmativamente. Isso destruiria todo o personagem que eu tentara montar nos últimos anos.

— Você é o único que já veio aqui comigo. Então eu meio que imaginava que seria o único a saber. E… — Ela fez uma pausa e continuou sem me olhar nos olhos — Eu meio que queria que você viesse.

— Eu estou aqui, não estou? — disse com um sorriso, e seus olhos marejaram — Olha o que eu te trouxe! — continuei, entregando-lhe as flores.

— Não… — Ela encarava os girassóis com uma surpresa intangível. E a primeira lágrima escorreu — Por quê?

— Por que o quê?

Minhas costas ardiam pela incidência direta do sol, afinal, ainda estava fora da proteção daquele posto, mas valia a pena. Eu não ficava tão perto assim de Ceci fazia muito tempo, pelo menos não em uma situação que eu tivesse certeza de que era real.

— Por que está sendo gentil?

— Porque eu sei que hoje não é um dia fácil para você. Não quero torná-lo ainda pior.

Jogar aquele jogo era divertido. Talvez ela mordesse a isca do *sou grosso, mas olhe como eu também posso ser a melhor coisa a te acontecer.*

— Você pode… subir aqui? — Ela parecia envergonhada de pedir, e eu controlei cada um dos músculos do meu rosto para não transparecer o quanto esperava que ela me pedisse exatamente aquilo.

Sem responder diretamente ao seu pedido, subi os últimos degraus e me acheguei ao seu lado. O espaço continuava pequeno, e nós estávamos ligeiramente maiores do que da última vez que o dividimos. Meu braço se instalou ao redor de seus ombros, e sua cabeça tombou em direção ao meu peito. Aquele simples toque era infinitamente maior dentro de mim. Seus fios cor-de-rosa cutucando meu nariz, o cheiro que emanava por todos os dois metros quadrados amadeirados, sua pele que encostava na minha, as lágrimas que molhavam minha camisa. Era de explodir os miolos.

— No fim das contas, você tem mesmo um coração — falou Ceci, alternando o olhar entre as flores e o mar.

— São só girassóis, Ceci.

— Não, não é isso. Eu o sinto batendo aqui embaixo. Bem acelerado.

Lelia pôs-se de pé assim que adentramos pelas portas da varanda. Ceci abraçava as flores como se temesse perdê-las. Seus olhos tinham bolsinhas ao redor, e as bochechas estavam rosadas. Ela era linda mesmo assim.

— Oh, minha Ceci! — disse Lelia, correndo ao seu encontro e abraçando-a também com lágrimas escorrendo. — Tinha que ter me chamado! Eu teria te ajudado!

— Tá tudo bem! Nathan me ajudou — respondeu Ceci, e um vislumbre de ira passou pelos olhos de Lelia.

Eu não pude conter o sorriso de satisfação nos lábios. *Consegui! Viu?*

— Olha só! Tem esse café da manhã lindo só pra você! — exclamou Lelia com os braços apontados para a mesa. Por mais que estivesse arrumadinha, eu teria feito melhor.

— Uau! — soltou Ceci quase que em um suspiro quando finalmente notou.

Eu podia acabar perdendo a guerra, no final das contas, mas aquela batalha era minha. Não podia deixar Lelia ganhar justamente quando ela menos merecia.

— Espero que você goste, Ceci. Não sei muito bem o que você costuma comer, mas dei meu melhor — falei com as mãos nos bolsos. Lelia me fuzilava com seus olhos redondos e castanhos.

Então Ceci correu e me envolveu num abraço. Um abraço sincero de gratidão. Eu podia sentir em seus bracinhos em volta do meu pescoço. Tirei as mãos dos bolsos, elevei uma até seus cabelos. Respirei profundamente por entre seus fios e abri os olhos. Lelia tinha um olhar mortífero. Ela certamente queria estar no meu lugar, ou quis ter me impedido de consolar Ceci, ou quis ter pensado em tudo que eu pensara. E eu só queria Ceci.

Não sei se para compensar sua falta de planejamento para o dia de Ceci ou se para tentar provar que ainda podia deixar o dia dela melhor, Lelia levou-a de casa pelo restante do dia. Eu não me importava. Sabia que nada que minha irmã intentasse fazer superaria o fato de que eu fora o primeiro a me importar e o único a procurar por ela.

— Você é o pior tipo de filho da puta que existe — disse Jacó com seu nono copo de alcoólicos do dia. Ainda eram três da tarde.

— Qual é! O pior tipo? — perguntei sarcasticamente sem desviar os olhos do roteiro de entrevista que eu estava desenvolvendo.

— Tira essa mulher da cabeça, Nathan! Você acha que um buquê de girassóis e um café da manhã vão fazê-la largar Lelia?

— Eu não fiz nenhuma dessas coisas para que ela largasse Lelia. Se nossa irmã é uma péssima namorada e não sabe tratá-la como deveria, eu não tenho nada a ver com isso.

— Nathan, é para o seu bem… tá enchendo sua cabeça de ideias que não vão se concretizar…

— Eu não tô nem aí pra Ceci! — menti. E senti que fui bem, levando em consideração que ainda não tinha tomado coragem para encará-lo — Tenho Dalila agora.

— Quem? — ele estava bêbado. Dava para notar pela sua voz amolecida.

Era assim que ele ficava embriagado. Mole. Bobo. Era o único momento em que eu sentia que poderia ser melhor do que ele.

Quer dizer, ele não estava errado. Eu realmente deveria seguir aquilo que suas palavras insistiam, mas ainda estava unindo as forças necessárias. Além disso, superar Ceci não me impediria de provar a ela, com a constância que as circunstâncias me permitissem, que eu era a melhor opção. Podia seguir em frente e, mesmo assim, ser um lembrete constante do bem de que ela abriu mão.

Voltei meu olhar para a tela do computador, mas estar contra o sol fazia com que eu enxergasse mais o meu próprio reflexo do que o texto em si. E que imagem deplorável. Era fácil imaginar o porquê me consideravam uma pessoa desleixada com a aparência. Por mais que eu não fosse, de fato, alguém cem por cento despreocupado, não queria passar a imagem de que isso importava para mim. Não queria dar a impressão que Ceci era importante o suficiente para fazer com que eu me arrumasse para encontrá-la. Queria fazê-la pensar que eu não dava a mínima.

A não ser, é claro, pela pulseira roxa em meu pulso. Que constituía a única prova incontestável de que Ceci continuava sendo alguém para mim. Eu não tinha coragem de eliminá-la.

"Eu tenho uma surpresa pra vocês!", disse Ceci, sentando-se entre mim e Lelia à beira do mar. A água tocava nossos pés com delicadeza no ritmo da maré enquanto o sol se punha no oceano.

"É álcool?", perguntou minha irmã com bom humor. Ao que Ceci respondeu negativamente apenas com um manear de cabeça e um sorriso simpático, colocando-se de joelhos a nossa frente, enquanto mantinha suas mãos às costas.

"É algo especial", falou e puxou um longo suspiro antes de continuar. "Já faz dois verões que nos conhecemos e, a cada ano que passa, tenho mais certeza que nossa amizade é pra sempre. Então eu queria... ah, não sei. Vocês sabem que sou meio brega", disse, rindo de si mesma. Em seguida, estendeu as mãos, revelando a presença de três pulseiras roxas trançadas.

"É. Isso é definitivamente brega", comentou Lelia. "Por isso eu amei".

"Depois de amarrar, não podemos nunca mais tirar, só se elas arrebentarem naturalmente com o tempo", ordenou.

"Você comprou isso de alguém aqui na praia? Não vai durar", falei, meio desanimado pelo fato de a pulseira da amizade ser para nós três, e não algo entre mim e ela. Eu a tinha conhecido primeiro. *Nós* fomos amigos primeiro.

"O cara fez na hora. Ele disse que dura *enquanto nossas almas durarem*", falou ela com o tom de voz alterado, provavelmente tentando imitar o jeito com que o tal artista tinha pronunciado as palavras.

"Não liga pra ele, Ceci. Eu amei. E vou usar", disse Lelia e aproximou-se para beijar o rosto de Ceci, que, no meio do processo, virou o pescoço levemente na direção de minha irmã, e o beijo quase foi na boca. Houve um estranhamento no ar. Mais para mim do que para as duas. Não parecia que elas nunca tinham passado por aquilo antes.

"Eu nunca disse que não usaria. Amarra pra mim, Ceci", pedi e ela parou de encarar Lelia, mas continuou com um sorriso tímido no rosto.

Ainda faltavam vinte minutos para as seis quando a campainha tocou. Era Dalila. Com seu corpo escultural em um conjunto de crochê. Quantos daquele será que ela tinha?

— Cedo demais? — perguntou franzindo o nariz, o que mostrava os mais delicados tracinhos.

— Gata demais — respondi e ela abriu um sorriso enorme.

— Como não sabia o que trazer de presente, trouxe umas bebidas...

Merda. O presente.

Eu não tinha comprado nada para Ceci. Nada além das flores. E se alguém poderia comprar um presente melhor que o vestido púrpura ridículo, esse alguém era eu.

— Temos que ir a um lugar antes — eu disse, entrecortando sua fala.

Pegamos um táxi até o centro da cidade na esperança de encontrar algo aberto. Mesmo sem explicar exatamente o motivo da pressa, Dalila me seguiu sem resistência. A parte boa de ser um *presente de última hora* é que ficaria na cara o fato de ser um *presente de última hora*, e isso poderia demonstrar que eu não ligava para Ceci. Talvez me deixasse em sua mente por alguns minutos a mais.

Apesar disso, eu não queria dar uma coisa tosca como um relógio de parede, um vale presente ou uma pelúcia, embora soubesse que qualquer coisa tosca seria menos tosca que o vestido lilás. Não podia ser tão bom que passasse uma mensagem de planejamento prévio, mas tinha que ser bom o suficiente para jogar na cara de Ceci que, mesmo *de última hora*, ainda era melhor que o presente de Lelia.

— Ela gosta de ler? — perguntou Dalila.

— Gosta — respondi e, no mesmo instante, entendi ao que ela se referia. Havia um sebo a alguns metros de nós. Um homem apagava as luzes como se o lugar estivesse prestes a fechar, então soltei a mão de Dalila e corri em direção à loja — Ei, senhor! Espera! — gritei para chamar sua atenção.

— Estamos fechando. Volte amanhã a partir das oito da manhã.

— Por favor! É muito importante!

— Se fosse tão importante, não teria deixado para fazê-lo nos últimos segundos. Volte amanhã — reforçou, olhando dentro de meus olhos.

— É pra minha namorada, senhor Carlos — disse depois de olhar seu crachá. — É aniversário dela, e esse é o único lugar da cidade que possivelmente tem algo à altura.

Após um suspiro profundo, ele reacendeu as luzes.

Tinha sido estranhamente satisfatório me referir à Ceci como minha namorada, mesmo que ele não tivesse ideia sobre quem eu falava. Quando disse, não me importei se Dalila ouviria, mas ela estava longe demais para perceber.

O sebo era mais desorganizado do que eu gostaria. Não havia uma ordem pela qual procurar. Eu não tinha tempo suficiente para garimpar entre centenas de folhas velhas, mofadas e empoeiradas, nem mesmo com a ajuda de Dalila. Até que, por sorte ou destino, encontrei um exemplar bem antigo de *O Grande Gatsby*. Eu já a conhecia há tempo suficiente para saber que ela gostava muito daquele livro. Não era um de seus favoritos, mas era melhor que um vestido e muito melhor que um vestido lilás.

Estávamos de volta após cerca de cinquenta minutos. Lelia preparava canapés, Jacó escolhia uma playlist. Ceci não estava à vista. Eu estava suado e fedorento. Cheiro de pele. O cabelo com as mechas grudadas, mas não liguei muito. Se estivesse arrumado, me misturaria demais ao ambiente. Ceci provavelmente nem me notaria. Daquele jeito, eu eliminaria minha insignificância em algum nível.

— Onde estavam? — perguntou Lelia sem tirar os olhos de seus afazeres.

— Fui comprar uma coisa.

— Melhor tomar banho logo. Ceci já está descendo — continuou.

— Bom, eu não pretendo tomar banho — respondi, largando o livro embrulhado no sofá.

— Tá brincando, né? — perguntou com um olhar analítico e o cenho franzido.

— Ele está ótimo — disse Dalila antes que eu pudesse fazer alguma piada sarcástica. Eu duvidava que ela acreditasse naquilo, mas ela tinha me defendido. Aquilo era novo.

— Se *você* não se importa… — respondeu Lelia que, no segundo seguinte, ergueu a cabeça e avistou algo que fez seus olhos brilharem. Ela encarava a região da escada. Eu sabia quem vinha dali.

Ceci estava a poucos metros de mim. Dava para sentir. Eu havia decorado a frequência com que seu corpo vibrava. Sabia como seus passos soavam. E tinha o cheiro. O cheiro de Ceci.

Eu estava com medo de olhar. Eram sempre nesses momentos que caía no mesmo encanto, como um canto de sereia. Como se olhar para ela fosse a própria canção. Eu queria que desse certo com Dalila. Ela era boa o suficiente para uma vida inteira, mas eu amava Ceci. Ceci era amor. Dalila era conforto.

"Isso não é amor, Nathan", disse o Dr. Bill.

"Não há como ser outra coisa", respondi em indignação.

"É obsessão, meu caro. É uma das manifestações da sua condição. A boa notícia é que, com o remédio, você será capaz de fazer essa diferenciação".

"Você continua me dando motivos e mais motivos para não tomar essa merda".

"Eu preciso do seu voto de confiança, Nathan. Se você não gostar dos resultados a gente volta a conversar. Mudamos a medicação. Tudo para você melhorar e conseguir morar sozinho, se lembra?".

— Você está absolutamente linda! — disse Dalila.

— Eu nunca me senti tão sortuda por ser sua namorada! — falou Lelia.

Você deveria se sentir assim todos os dias, Lelia. Eu me sentiria.

Virei-me sem pensar muito mais, e lá estava ela. O tecido prateado finérrimo escorregava em sua pele. O macacão era discretamente cintilante e transparente, com exceção da parte dos seios e da calcinha, onde parecia se encontrar um short acinzentado. O cabelo meio loiro, meio rosa, estava com seus cachos naturais e duas presilhas prendiam uma mecha. Seus pés descalços tocavam o chão com a delicadeza de quem flutua. Os malditos pezinhos. Seus lábios brilhavam um rosado natural, e sua pele não parecia carregar nenhum produto senão algum responsável por adicionar brilho às suas maçãs.

— Gostou, Nathan? — perguntou.

— Eu amei, amor. Você está magnífica! — disse Lelia, deixando o balcão onde preparava a comida e beijando-a em seguida.

Eu podia jurar que tinha ouvido meu nome.

— Peguei um pra você — falou Dalila com uma taça de plástico na mão. Ela achava que eu tinha o costume de beber.

— Ele não bebe, querida — disse Jacó pegando a taça de sua mão.

— Mas ontem...

— Ontem foi um grande erro, não é Nathan? — perguntou ele de maneira retórica com um sorriso forçado.

— Nem tudo.

Era muito fácil gostar de Dalila. Em minutos ela já parecia fazer parte do grupo. Isso era bom. Significava que eu não precisava fingir ser sociável para que ela se sentisse bem. Ela era o mais perto da aceitação que eu provavelmente encontraria na vida.

— Nathan, vê o que você acha desse molho — pediu Lelia.

— Salgado demais — comentei após provar um pouco.

— O que eu faço? Coloco água?

— Coloque um pouco de açúcar. Usa mais um pouco de vinho também.

Lelia e eu ainda nos conectávamos. Mesmo que num meio termo que ninguém mais tivesse acesso. Eram os únicos momentos em que eu realmente esquecia que Ceci também estava na equação porque percebia que Lelia era mais importante que qualquer outra garota. Ela sim me aceitava, me amava apesar de tudo. E, acima de qualquer outra coisa, me entendia como ninguém. Porém, esse sentimento era tão breve. Enquanto Ceci era avassaladora. Especialmente naquela noite.

— Enquanto a carne está no forno, quero te dar uma coisa, Ceci — disse minha irmã.

Ela buscou a caixa com o vestido, e os olhos de Ceci se espantaram. Talvez pelo tamanho da embalagem ou pelo nome chique impresso na tampa. Só aquela marca já adicionava muitos zeros ao presente. Voltei a me perguntar como Lelia tinha conseguido pagar por ele. Logo pensei que aquilo era trabalho da minha mãe.

Ceci se sentou em uma das poltronas cheia de expectativa e dúvida. Sua expressão me dizia isso. No entanto, assim que ela desfez o laço e abriu a caixa, a decepção tomou conta de seu rosto. Ela até tentou disfarçar, mas eu a conhecia bem demais para não perceber a tristeza por trás de seu sorriso amarelo. Minha satisfação era saber que o mesmo rosto se iluminaria novamente assim que visse o *meu* presente.

— Gostou? — perguntou Lelia cheia de esperança. A resposta já estava óbvia para todos da sala. Nem mesmo alguém que gostasse da cor lilás, se é que existe esse alguém, gostaria daquela peça. Era inegavelmente horrível.

—Eu amei, amor. Mas não precisava de um vestido assim! Deve ter sido tão caro...

— Você merece! — respondeu Lelia com pouco entusiasmo. Todos sabiam que os diálogos estavam sendo formulados apenas para não causar maior constrangimento.

Você tinha razão, Nathan, eu sou horrível, disse o vestido nas mãos de Ceci.

— Minha vez — falei, e o olhar de Ceci pareceu me agradecer por interromper aquele momento embaraçoso.

Entreguei o pequeno pacote de formato característico. Ela teve todo o cuidado para desembrulhá-lo sem que o papel se rasgasse e então arfou em surpresa.

— Uau! — disse em meio a um suspiro. O sorriso era genuíno. Eu tinha conseguido. — Onde encontrou isso?

— Num sebo aqui da cidade — falei também sorrindo.

Não me preocupei em esconder minha felicidade naquele momento. O olhar de Ceci estava amarrado ao meu. Momentos como aquele valiam o risco de ser descoberto.

— Você comprou hoje? — perguntou. — É a data de hoje escrita no selo do sebo...

— Bom, já que era preciso ter uma data escrita, que fosse a do seu aniversário. Pra você nunca se esquecer de quando ganhou. — Era mentira, mas era uma ótima mentira. Dalila sabia que era mentira, mas não quis me entregar. Não em relação àquilo.

— Foi engraçado. O dono da loja já estava quase fechando quando chegamos. Nathan precisou falar que era aniversário da namorada dele para convencê-lo a nos deixar entrar.

Filha da puta. Ela era esperta e tinha escutado.

O clima, que esteve leve por alguns instantes, voltou a ficar tenso. Jacó sabia exatamente o que aquilo significava. Ele estava puto. Passava os dedos constantemente no bigode em inquietação. Lelia era uma mistura de tristeza e ira. Dalila tinha um olhar irônico. Eu poderia supor que ela também sabia o que aquilo significava.

— Tudo por você, Ceci — disse em voz alta. Sabia que me arrependeria mais tarde, mas queria plantar mais dúvidas na cabeça dela. Ela era a única que me importava naquele momento.

— Chega de presentes — disse Jacó, colocando-se de pé e ligando a música.

Logo a tensão se dissipou. Lelia estava sentada no chão aos pés de Ceci, que parecia querer garantir-lhe que havia gostado do presente, mesmo que o contrário tivesse ficado óbvio. Jacó bebia enquanto roubava um dos canapés.

Saí do local e fui em direção à varanda. A brisa marítima fez com que minha camiseta se colasse ao meu corpo e secou parte do suor de minha testa. O céu estava claro, apesar de já ser noite. A lua enchia a praia com sua luz branca e pálida. O cheiro de mar e alga se misturava ao meu òdor fétido. Eram quase os mesmos. As mesmas notas azedas de torcer o nariz.

— Você mente bem, estranho — disse Dalila, que se aproximava.

— Você também, estranha.

— Eu não menti.

— Você disse que eu estou ótimo. Não tem como isso ser verdade — falei sarcástico.

— Bom, você não está absolutamente terrível... — ela falou, rindo, e tomou um gole do que quer que estivesse em seu copo.

— Obrigado, senhorita! — respondi fazendo uma reverência teatral. — E você está absolutamente maravilhosa esta noite.

— Como eu vou saber que você não está mentindo só para conseguir o que quer? Como fez hoje? No sebo e há alguns minutos com Ceci?

— Não vai — falei.

Ela gostava de mim. Aquela conversa era um blefe. Um sinal de que ela me enxergava e queria enxergar. Queria estar comigo.

Enfiei meus dedos entre suas tranças e as agarrei pela raiz. Ela arfou em surpresa. Tirei o drink de sua mão e a beijei. Beijei como se beijasse Ceci. Intensamente. Com amor. Um amor que não era dela, mas poderia ser. Seu corpo se desmanchava em meus braços. Ela queria estar ali, e aquilo deveria ser suficiente para apagar Ceci de meus planos. Dalila era forte o suficiente para isso, mas levaria mais tempo. Ceci era a protagonista há anos. Dalila só integrava o elenco fazia dois dias. Ainda assim, eu podia vislumbrá-la assumindo o papel principal.

Assim que nossos lábios se desgrudaram, peguei o restante de seu drink e virei todo em minha boca. Eu não sabia o que era, mas desceu queimando meu peito. Dalila era álcool. Então eu também seria.

Dalila não iria embora naquela noite. Nós também não a usaríamos para transar, porque ela estava bêbada demais para escolher o que queria fazer. Deixei-a adormecer em minha cama de solteiro. Seu corpo ocupou todo o espaço, e eu soube que teria de dormir novamente no sofá da sala.

— Ela é linda até quando dorme — falou a voz de baunilha à porta. Ceci estava apoiada no umbral observando-me observar Dalila dormir. Eu não sabia há quanto tempo estava ali. Nem eu, nem ela.

— Sim, ela é.

— Ela só tem um defeito…

— E qual seria?

— Ela não é eu — disse firme, e pude sentir a frase ecoar em minha mente, como se fosse algo que eu tivesse pensado antes.

— Ninguém nunca será como você, Ceci. Sabe disso — respondi encarando-a. Meus olhos ardiam.

— Então por que você quer se livrar de mim, Nathan? Por que procura outra se tem a mim? — perguntou adentrando o quarto.

— Eu não tenho você. Lelia te tem. Você é apenas uma miragem eventual.

— Sou? — indagou enquanto levantava as mãos para tocar o meu rosto. Segurou-o firmemente — Isso parece uma miragem para você?

— Eu não sei. Eu não sei mais…

— E isso…? — continuou, descendo as mãos por meu abdômen. Até que uma delas entrou dentro de minha calça. — Miragem?

— Não…não sei.

— Que caralho você tá fazendo? — A voz de Jacó ecoou pelo corredor.

— Eu estava… — Eu estava com uma das mãos dentro de minha própria calça. De frente para Dalila. — Eu ia trocar de roupa.

— Acho bom você não tentar nada estranho com ela. A garota bebeu demais.

— Eu sei disso, obrigado!

Eu vou desaparecer, Nathan, disse Ceci em minha cabeça, *assim que você voltar a tomar seus remédios, eu vou embora.*

Não vá, Ceci.

Desci para o andar de baixo já trajado em minha calça de moletom e sem camisa. Os lençóis da noite passada se embolavam debaixo de um de meus braços, e eu carregava meu celular e o travesseiro no outro. Meu caderno também estava comigo. Tudo na minha cabeça estava fora do lugar, e eu precisava reorganizá-la.

Na sala, estava Ceci. Alguma versão de Ceci, pelo menos.

— Esse sofá é meu hoje — falei a ela, que estava sentada nele.

— Espere apenas dois segundos, estou muito tonta pra levantar de uma vez — falou com uma das mãos impedindo que a claridade atingisse seus olhos. — Veio exibir esse corpinho pra mim? — disse em tom de brincadeira.

— Não é nada que você não tenha visto antes.

— Realmente.

Ela se referia às milhares de vezes que fomos juntos à praia ou a alguma das milhares de experiências despidas de que eu me recordava? Será que alguma delas tinha mesmo acontecido? Ou eram todas como a que ocorrera segundos antes em meu quarto? Aquilo era um sinal? *Sim, Nathan.*

— Acho que vou te deixar dormir — ela disse, colocando-se de pé de maneira desajeitada. Larguei minhas coisas no sofá para ajudá-la a se levantar. — Obrigada! Pelo livro. Eu adorei. Não quis falar antes por causa da Lelia. Ela até que quis me dar um presente incrível, mas…

— Foi horrível.

— Nem me diga! — falou rindo. O álcool a deixava honesta demais. — Ela tem ciúme de você por algum motivo. Talvez se, porque vocês são muito próximos, ela não queira dividir sua atenção. Só sei que ela tem.

Ela sabe, então. No fundo, ela sabe.

— Já até disse que não confia em você sozinho perto de mim. Que besteira! — falou, ainda rindo.

Território perigoso, Lelia. Você anda lendo demais minha mente. Pare.

— Enfim, obrigada de verdade! É uma edição muito bonita. Vou lembrar para sempre — falou e balançou o pulso, chamando a atenção para sua pulseira roxa da amizade.

Em seguida, me deu um abraço pesado. Não seria exagero dizer que ela havia se jogado em meus braços. O fino tecido de seu macacão separando nossos corpos. Sua pele tocando a minha. Como tantas outras vezes. Reais ou imaginadas. Seu cabelo grudando no suor de meu pescoço. Seu queixo encaixado em meus ombros. Seus seios roçando meu peito. Sua mão segurando minhas costas.

"A força da natureza que leva seu nome tem cheiro de desejo e gosto de sexo. Um sexo que fizemos ou não. A intimidade que temos ou não. A voz que sussurra em meu ouvido ou ecoa em minha mente."

Escrevi em meu caderno e odiei. Odiei por ser verdade. Odiei porque queria que a verdade fosse outra. Queria mentir de novo.

Parte cinco

A estrada traz lucidez

Era sempre difícil dizer adeus a Angra dos Reis. Isso porque a despedida significava deixar Ceci para trás e abraçar novamente a rotina que eu gostava, mas não amava. Eu estava acostumado com o mesmo trabalho e as mesmas obrigações de sempre. Elas se repetiam ano após ano, e naquele não seria diferente. Eu não ambicionava grandes coisas. Queria apenas ser responsável pela criação dos meus próprios roteiros. Seja de entrevista, seja de algum programa televisivo. Não me via fazendo algo maior que isso.

Também em Angra, eu desejava Ceci, porque Angra e Ceci se tornaram indissociáveis. Quando em São João, a parte de mim que sabia que Ceci pertencia à Lelia se tornava dominante. Eu não conseguia ouvir o canto da sereia de tão longe.

— Já está acordado? — perguntou Jacó ao chegar à sala.

— Eu não dormi direito. Não consegui.

— Precisamos conversar. Você sabe disso. — Eu apenas suspirei em rendição. Sabia que não tinha como fugir de seu sermão. Seu semblante também não dava outras alternativas. — O que você fez ontem foi errado em muitos níveis.

— Foi só um livro.

— Não foi só um livro. Foram as coisas que você disse. Você olha para aquela garota com desejo, e isso é constrangedor pra todo mundo. Só você não percebe. Não quando está sem seu remédio.

— Eu vou voltar a tomar, já te disse...

— Você não pode parar, Nathan! Não pode tomar somente quando está distante dela.

— Eu não gosto de quem eu sou quando tem Oxinidril circulando em mim. Ele me deixa menos inteligente, menos criativo.

— Só porque você não tem fantasias vívidas quando toma Oxinidril, não significa que ele te deixa menos criativo — falou e notou minha expressão de espanto. — Sim, eu sei Nathan. Eu sei que você fica imaginando vocês dois juntos. Isso sempre te aconteceu. Antes até de Ceci aparecer.

— É o único lugar onde eu consigo tê-la.

— Irmão, você confia em mim, não confia? — perguntou em tom pacífico. Ele parecia realmente se importar. Eu fiz que sim com a cabeça. — Mesmo que seja momentaneamente bom, isso não te faz bem, porque não é real, Nathan. Você está perdendo a oportunidade de viver uma vida incrível, cheia de pessoas incríveis e reais, só para criar cenários fictícios em sua cabeça. Além disso, pensa na Lelia. Pensa em como ela te conhece. Como vocês dois pensam parecido. Você acha que ela nunca percebeu? Acha que ela não se incomoda com isso?

Ele tinha razão, e eu odiava quando eu não tinha.

— Por que ela nunca me falou nada, então?

— Falar o que, Nathan? Ela não quer criar uma situação constrangedora só para você parar de sonhar que está transando com a namorada dela, mas não deixa de incomodar. Ela nunca te confrontaria com isso, ainda mais por se tratar de uma situação muito subjetiva. Não tem como provar que você faz isso. E te conhecendo, ela bem sabe que você negaria.

— Eu certamente negaria.

— Você precisa parar.

— Mas e os sinais que ela me dá?

— Eles também não existem.

— Como você sabe?

— Tenho certeza que, se fossem reais, todos nós já teríamos percebido.

— Será que Ceci sabe? Sobre mim?

— Eu a conheço há dois dias, não tenho como saber, mas isso não interessa. Só me interessa que você fique bem.

— Não interessa pra você. Mas interessa pra mim, que estou apaixonado por ela. Eu a amo.

— Isso não é amor, Nathan.

"Isso não é amor, Nathan", disse o Dr. Bill, "você está apenas obcecado".

Obcecado.

Apenas Obcecado.

Obcecado.

Apenas Amor.

Não.

Obcecado.

Minhas malas repousavam nas escadas da entrada principal. Dalila tinha saído havia duas horas, logo depois do café da manhã. Combinamos de continuar nos falando e ver no que ia dar. Mesmo que eu já soubesse no que ia dar. Ia acabar casando com aquela mulher.

"Não vá se esquecer de mim por uma mineira qualquer", disse.

"Isso seria impossível."

"Amores de Ano-Novo não costumam durar."

"Não é sobre amores de carnaval que falam isso?"

"Bom, amores de carnaval costumam gerar filhos, e isso costuma durar", falou rindo.

"Você está sugerindo que, para durarmos, temos que fazer um filho?"

"Imagina ter um filho estranho como você! Deus me livre!"

"Imagina ter um filho com esse sorriso seu, que sorte a minha!"

Meu ônibus sairia em uma hora. O primeiro dos dois que eu pegaria até São João del-Rei. Lelia, Ceci e Jacó voltariam para São Paulo de carro. De lá, Jacó embarcaria de volta para a Alemanha. De volta à sua vida cinematográfica.

— Vou sentir falta do meu irmão de mente. Vai ser difícil carregar a inteligência do mundo sozinha — falou Lelia em tom de brincadeira.

Eu me senti mal por ela depois de tudo que Jacó havia me falado. Ela merecia mais do que um irmão que deseja sua namorada. Merecia um amigo, porque nós éramos unidos muito antes de Ceci aparecer. Ela não tinha o direito de mudar as coisas. Eu estava com raiva de Ceci. Raiva por me fazer sentir todas aquelas coisas que magoavam minha irmã. Eu queria exterminá-la.

— Também vou ficar com saudade. Espero que você me visite em São João em breve — falei, envolvendo-a em um abraço apertado. Nada era mais sincero que aquilo. Eu, ela. Mentes gemelares.

— Talvez no carnaval eu te dê o prazer da minha presença.

— Ó, como anseio por esse momento! — falei em pose de súplica.

— Lorde das Trevas de mente gemelar, espero que faça uma boa viagem de volta à sua caverna inabitada!

— E eu lhe desejo um excelente retorno, cara aprendiz das trevas, à sua selva de concreto!

Lelia deixou escapar uma lágrima por suas bochechas proeminentes, e eu senti meus olhos a ponto de marejarem quando a vi.

— Para de ser sentimental, seu merda, eu não quero chorar — ela disse, esfregando o rosto, já chorando.

— Você ainda tem muito a aprender. Vampiros não choram.

Então Jacó se aproximou para um abraço mais breve.

— Não se esqueça do que eu te falei — sussurrou. — Também não se esqueça de que eu te amo. Estamos juntos. Sempre — falou, segurando minha nuca e dando tapinhas em minhas costas.

— Também não se esqueça de que ele se casa em maio! — completou Lelia.

Eu já segurava minha mala e a mochila quando Ceci chamou meu nome. Dessa vez tinha certeza de que era eu. Não é como se eu houvesse esquecido de despedir-me dela, só não queria trocar nem mais um olhar sequer com ela. Queria apagar qualquer traço de memória daquela mulher que houvesse em mim.

— Ia embora sem se despedir? — perguntou, andando em minha direção.

— Desculpe, esqueci — respondi com a emoção mais neutra que consegui.

Ela me abraçou, e eu nem me movi. Permaneci com os braços pendentes ao lado do corpo, um dos quais ainda segurava a mala.

— Tá tudo bem? — questionou, sem se desfazer totalmente do abraço, apenas afastando um pouco nossos corpos para que ela pudesse me encarar. Aquilo era capaz de reviver qualquer paixão. Aquele olhar. Mas eu estava educando minha mente a odiá-la mais a cada segundo.

— Ótimo — respondi, e ela voltou ao abraço em uma expressão confusa.

— Boa viagem! — falou e saiu com um olhar desapontado. — Obrigada por ter vindo!

Desculpe te desapontar, querida Ceci. Mas eu preciso te deixar ir.

Ter conseguido o dia 3 de folga me custaria caro, e isso era tudo em que eu pensava nas primeiras horas de viagem. Todo o trabalho com o qual teria que lidar. Ronald despejando compromissos de prazo insuficiente e projetos que provavelmente exigiriam muito mais da minha criatividade do que eu estava disposto a dar.

O movimento incômodo que o ônibus velho e barato fazia só servia para me lembrar do quão insignificante eu era. O quanto nada importava de verdade e como minha existência representava só mais uma fonte de lixo para o universo. Mesmo tendo sido agraciado com o dom da vida, ela me parecia constantemente sem propósito ou valor.

Por maiores que fossem meus sonhos em me tornar significativamente reconhecido em meu ramo, não esperava que isso, de fato, acontecesse. Exigia uma originalidade que eu não tinha, um talento que excedia, e muito, o que eu considerava ter, e oportunidades que pareciam nunca surgir.

Por isso, os verões eram tão importantes. Eram como perder a noção de tempo e espaço quando se está bêbado. Mesmo que eu não falasse de uma vasta experiência, sabia como a mente se alterava nesse estado. Eu senti a coragem de ser enquanto o álcool fluía. Senti o ego e a autoconfiança inflarem a cada gole.

Não sabia dizer se eram os verões ou se eram os *verões com Ceci*. Não me lembro bem desses períodos antes de ela chegar — ou não queria lembrar. Estar com ela era como estar embriagado porque ela me via, me notava, me validava. E eu daria tudo de mim, sempre, para que ela o fizesse. Ceci me enxergava. Isso me dava coragem, inflava o ego, e eu crescia para cima de todo o resto. Eu me sentia melhor por ter lugar no olhar de Ceci. Melhor que Lelia. Melhor que Jacó. Melhor que a própria Ceci.

Nesses dias eu me afogava na bolha de sentimentos irreais e cenários que certamente pareciam muito melhores em minha mente. Esquecia qualquer insegurança. Desde as preocupações com os resultados das provas da faculdade, o TCC, o estágio, o emprego, e as milhares de dúvidas que vinham com o somar dos anos. No final, tudo sobre ela era uma grande ilusão.

Assim como para qualquer sonhador, ou bêbado, a pior parte é acordar. A ressaca deixa um gosto de arrependimento na boca. *Eu não deveria ter bebido tanto, agora a cabeça dói. Eu não deveria ter me apaixonado por ela, agora tenho que mudar de cidade.* Voltar e encarar a realidade dói exatamente porque você se lembra da sensação que é estar num plano superior àquele. Depois do enjoo matinal e dor de cabeça, você promete a si mesmo que nunca mais chegará perto de uma garrafa de Vodka, mas, na primeira oportunidade, enche o copo. No final, o processo é bom. Por mais que as horas passem corridas, por mais que vá doer no outro dia e que você já saiba disso. Ninguém deixa de beber pelo incômodo do dia seguinte. Assim como ninguém deixa de sonhar só por saber que, quando despertar, tudo aquilo deixará de existir.

Esse era meu maior medo. Nunca conseguir parar de verdade. Seria uma mentira descarada ousar dizer que eu não gostava de imaginar Ceci, as curvas de seu corpo e o gosto de seus lábios — que não sabia qual era. Era tão real quanto um sonho. Tão ousado quanto estar bêbado. Era tão bom quanto qualquer um dos dois. Por todas as vezes que eu tentara abandonar o vício de colocá-la em meu imaginário, não pareceu valer a pena.

Era óbvio que voltar ao apartamento sujo e abafado de São João del-Rei, sozinho e vivendo de fast food, parecia ainda pior quando eu lembrava das coisas que aconteciam no verão. As risadas, conversas, toques e declarações — que, a este ponto, eu não sabia se tinham sido reais ou não — tornavam a verdade incontestável insuportável.

Eu não podia ignorar meu emprego e imaginar Ceci em meu quarto o dia inteiro. Havia contas para pagar. Eu tinha que, ao menos, tentar construir um futuro que não fosse desastroso, triste e fracassado.

Dá para saber aonde eu quero chegar? Eu tinha medo de não conseguir superar a vontade latente de vê-la, mesmo que por alguns segundos, em minha mente. Mesmo que doesse quando eu voltasse à realidade, mesmo que eu me arrependesse de ter feito, por isso tornar a verdade infinitamente pior, porque sempre parecia valer à pena experimentar. Só por aqueles microssegundos de felicidade com ela.

Microssegundos que viravam horas durante o verão, porque ela estava ali fisicamente para me lembrar de imaginá-la mais tarde. O que é verdade ou não, não importa porque existe uma diferença entre o que é verdade e o que é factual. Tudo que é factual pode ser comprovado de alguma maneira. Os fatos são indiscutíveis. As verdades são maleáveis, dependem do ponto de vista e da sua capacidade de acreditar ou não. Minhas memórias sempre foram verdadeiras, mas nem sempre factuais.

Ceci era verdadeira. E factual. Eu e Ceci éramos verdadeiros. Só isso.

Após dois ônibus e muitas horas de viagem, comecei a realmente desejar tomar meu remédio. Minha mente teve tempo demais para trabalhar, e isso nem sempre era algo bom, porque eu geralmente trabalhava nas coisas erradas. O Oxinidril fazia um monte de coisas, verdadeiras e factuais, mas a que mais me importava era seu efeito calmante. Não sei se esse é o termo factual, mas é o que verdadeiramente faz. Parece recolocar os assuntos em pastas e etiquetá-los em ordem de importância. Eu quase esqueço de Ceci quando o tomo, mas, sem ele, não consigo lembrar como.

Não foi nada surpreendente encontrar o apartamento exatamente do jeito que eu havia deixado há duas semanas. Ele era bem localizado e suficientemente grande para uma pessoa, mas quem o visse nunca iria supor que meus pais têm o dinheiro que têm. Talvez porque eu cuide mal dele, talvez porque eles nunca quiseram me mimar. Porém, o conforto de tê-lo em meu nome e riscar custos com aluguel dos gastos mensais fazia valer a janela única e a cozinha apertada.

A lua iluminava todo o apartamento sem esforço. Aquele ar fantasmagórico da madrugada me acolhia tão bem que não acendi nenhuma outra luz. A porta dava direto para a sala, com um sofá amarelo mostarda de casa de vó e uma mesa de centro — eu sabia que ela continuava ali, em algum lugar embaixo das inúmeras outras coisas que a recobriam. Ali também ficava minha única janela. Era grande e baixa demais. Sua visão dava para a rua e, por estar no primeiro andar, deixava tudo perto demais do meu alcance. À direita, ficava a ínfima cozinha com uma bancada tão poluída quanto a mesa de centro. À esquerda, dois quartos e um banheiro. Um deles, eu usava como escritório. Se bem que chamar aquilo de escritório seria elevar, e muito, o nível do cômodo. Uma descrição mais verossimilhante diria que aquele não passava de um lugar que eu usava para trabalhar quando não estava na sala ou em meu quarto.

O cheiro seco de poeira e comida velha me deu náuseas. Logo, abri a janela para dispersar aquela energia morta e abandonada de um Nathan de alguns dias para trás. De costas para o resto do apartamento, eu a senti. De pé à porta do meu quarto. Usava uma camiseta larga e nada mais. Segurava uma xícara semivazia, e seus cabelos formavam um ninho em um dos lados. Eu sabia disso sem olhar. Porque já tinha visto aquele cenário diversas vezes, e porque estava tudo na minha cabeça.

— Você não vem para cama, N? — perguntou Ceci.

Antes que minha mente me manipulasse mais uma vez, corri para dentro do quarto à procura dele. Eu o tinha largado em algum lugar no guarda-roupas.

Fui tão assertivo ao deixá-lo para trás, como se nunca fosse voltar a tomá-lo. Uma coisa que não te contam sobre alucinações — e que seu eu não medicado se força a esquecer — é que as vezes elas também ficam insuportáveis. Até mais do que a própria realidade.

Sabia que não era o certo, mas engoli dois comprimidos de uma vez assim que os encontrei. Queria eliminá-la. Exterminá-la. Como um corte cirúrgico e preciso — por mais que não seja assim que os fármacos funcionem, pelo menos não os desse tipo. Naquele momento, porém, seja pelo efeito duplicado, seja pela vontade ardente de que seu fantasma me deixasse, Ceci desapareceu. Como se nunca estivesse estado lá. Nunca esteve mesmo.

Parte seis

A verdade factual que ninguém gosta de contar

Semanas depois das primeiras pílulas, tudo estava de volta ao normal. Não que algum dia tivesse sido de fato normal. Era só o *meu* normal. Com o Oxinidril, os sintomas da esquizofrenia ficavam muito mais controlados, a ponto de eu até conseguir falar sobre o meu diagnóstico sem me sentir um punhado de células funcionais desperdiçadas.

Ceci não cruzava a minha mente na maioria dos dias, e eu transferia minha habilidade criativa — ou obsessão, como preferir — para o trabalho. Tornava-me extremamente perfeccionista com cada detalhe de meus projetos, com a limpeza da casa e tinha sempre que verificar se cada coisa estava devidamente fechada três vezes. O chuveiro. A porta de casa e do armário. O estojo de lápis e a bolsa do notebook. Isso era infinitamente melhor do que me masturbar aleatoriamente em algum lugar da sala porque Ceci *apareceu* e enfiou a mão dentro da minha calça.

Não é como se esses outros sinais não aparecessem quando eu não tomava o remédio. Eles pioravam, pela lógica. Mas, quando eu não tomava os remédios por Ceci, muito da minha energia ia para ela, e eu acabava não pensando que algo terrível aconteceria se eu não verificasse, pela terceira vez, se a porta do freezer estava fechada corretamente. Como já disse, o Oxinidril me organizava. Eu não conseguia viver em meio à sujeira e à bagunça enquanto tomava porque, por qualquer motivo químico que fosse, meu cérebro sentia a necessidade de gastar tempo e energia ali, em vez de se ocupar na criação de cenários.

Apesar disso, os dias eram lentos e sonolentos. A luz de avelã das manhãs e tardes. A luz azulada da noite. Tudo muito monótono e parado, como se nada acontecesse naquela cidade. Apesar de turística e universitária, São João del-Rei não tinha, para mim, os atrativos necessários.

O emprego era a única coisa que me mantinha ali. Não tinha amigos de verdade nem família na cidade, e aquele apartamento poderia ser vendido facilmente. Porém, uma coisa que o Oxinidril nunca foi capaz de fazer foi reviver minhas perspectivas de futuro. Eu sentia que, se abandonasse meu cargo na emissora de TV local, nunca mais conseguiria nada minimamente aceitável na área.

Eu já quis ser grande. Já quis ser um roteirista famoso. Desses que escrevem pautas para o SBT ou qualquer veículo igualmente representativo. Já quis ver meu nome nos créditos do Jornal Nacional, ou de um outro noticiário vespertino, caso o horário nobre fosse demais para mim, mas tudo isso se foi junto com Ceci, dois anos antes. Quando os fatos vieram à tona com o relacionamento dela e de Lelia, foi como se todo o resto não valesse a pena de verdade, e foi quando minha doença se manifestou de maneira escancarada pela primeira vez.

Eu tive episódios do tão famoso transtorno obsessivo compulsivo (TOC) algumas vezes antes do estopim. Eles iam e vinham. Não eram nada alarmantes, a ponto de passarem despercebidos por anos. Uma necessidade de contar objetos quadrados no caminho da escola. A urgência em repetir a última palavra das minhas frases. Mudava de forma, intensidade e frequência. Não só eu, como também meus pais e professores imaginávamos que isso era *mania da idade*. Quando afirmei que objetos falavam comigo no ensino médio, "eu estava querendo aparecer". Foi mais ou menos nessa época que as mentiras começaram.

Eu havia percebido, no verão em que conheci Ceci, que a minha vida era muito mais interessante na minha cabeça. O fato era que eu não tinha amigos de verdade — os esquisitos que repetem palavras e giram maçanetas dez vezes seguidas geralmente não têm — e ocupava meus dias inteiros lendo livros complexos demais para minha idade e me forçando a aprender violão sozinho, mas essa não é uma história nada interessante de contar, muito menos se for para a menina bonita que acabou de terminar com o namorado. É mais legal dizer que você é músico e compositor, porque lê livros e é bom com as palavras.

Então aprendi que ser irônico a fazia rir e me tornei irônico. Percebi que ela prestava mais atenção em mim se eu resolvesse ir à praia de roupa do que se me despisse como o resto dos banhistas. Ela parecia se interessar pela minha excentricidade. Por mais que eu nunca tenha sido verdadeiramente bom com as palavras, nunca tenha aprendido a tocar violão e não entendesse metade do que lia naqueles livros, ela acreditava na minha história porque naquela outra realidade, nos verões com Ceci, tudo era possível. Ela me validava e congratulava por qualquer merda que eu inventasse. Então mentir se tornou um caminho sem volta. Eu me tornei um Nathan para Ceci.

O estopim veio quando descobri que ela também mentia, porque, sendo verdade ou fato, ela me dava sinais, me tocava. Falava coisas bonitas e com um milhão de significados. Sentia saudades, me elogiava, me dava atenção. Ninguém nunca tinha feito isso comigo. Então ela só podia estar apaixonada por mim.

Foi quando Lelia manifestou os primeiros sinais de interesse que tentei intervir. Eu tinha chegado primeiro, e Ceci tinha que ser minha. Falei para Lelia não confiar nela, porque estava apaixonada por mim. Lelia acreditaria porque, ao seu ver, eu não teria motivos para inventar algo assim. Para Ceci, disse que Lelia era louca, porque eu era louco, e nós tínhamos mentes gemelares, então ela também era louca.

Sua loucura, no entanto, não era patológica, mas eu não sabia, na época. Então, quanto a isso, não menti. Porém, Lelia já estava apaixonada demais para ignorar seus sentimentos e se segurar apenas em minhas palavras vazias. Talvez meu erro tenha sido nunca ter verbalizado o quanto eu também estava apaixonado.

Quando Lelia contou, na mesa do jantar na casa de Angra, que estava namorando a vizinha — "Ela pode almoçar aqui amanhã?" —, minha sanidade escapou do corpo. Os médicos gostam de chamar isso de gatilho, mas eu chamo de *a merda que fodeu tudo*.

Eu surtei porque me foi jogado na cara que, mais uma vez, Lelia estava me passando para trás e que eu provavelmente tinha imaginado tudo, que nada do que Ceci demonstrara era válido, já que agora estava namorando minha irmã. Foi quando as alucinações começaram.

O impulso por vê-la, por tocá-la, por conversar como conversávamos quando eu ainda achava que ficaríamos juntos no final. A inveja dilacerante de olhá-la com Lelia e saber como ela era como namorada. Os pensamentos de que, se ela amava Lelia, também me amaria. O conjunto de ideias perturbadoras que não me abandonavam ganhou lugar em meus sonhos. Eu queria dormir para poder visualizá-la ao meu lado. Ficava horas de olhos fechados na cama, sem um pingo de sono, só para tê-la para mim em algum plano.

Quando a responsabilidade da vida real chamou, ela também me seguiu. Estava ao meu lado estudando comigo para a faculdade. Tomávamos banhos demorados de banheira e conversávamos sobre nosso futuro. Ela até me incentivou a começar a malhar. Comecei a fazer lanches para dois, que acabavam apodrecendo no quarto depois de dias que eu não os percebia por lá. Foi assim que meus pais descobriram.

Ouviam minhas conversas, que eram monólogos. As porções duplas que sobravam ao lado da cama. O jeito que eu dizia seu nome enquanto transávamos sem me importar se alguém escutaria porque estava tão imerso no meu imaginário que aquilo parecia plenamente plausível.

Fui à minha primeira consulta com o psiquiatra, e ele não me deu diagnóstico. Eu estava convencido de que aquilo era verdade, e fato, então contei como se assim fosse. Foi na consulta com meus pais que Dr. Bill descobriu com o que estava lidando, e as medicações começaram.

No início, a desculpa para tomá-las era minha falta de concentração. Minhas notas na faculdade iam de mal a pior. Eu passava tempo demais achando que estava fazendo coisas que, na verdade, não estava, e meu TCC estava longe de ficar pronto, por mais que aquele fosse meu penúltimo semestre.

Para surpresa de Dr. Bill, os primeiros remédios não surtiram efeito algum. No entanto, não para mim, que optara por não tomá-los como deveria. Eu havia percebido que, se tomasse todos os dias da semana, Ceci começava a desaparecer, e definitivamente não queria isso. Às vezes, minha mãe aparecia no quarto na *hora do remédio*, e eu era obrigado a engoli-lo.

A terapia não estava funcionando também porque eu não queria melhorar. Nunca quis. E toda vez que Ceci vinha nos visitar em São Paulo, eu queria menos.

Por mais que meu estopim tivesse ocorrido quando elas começaram a namorar, o de meus pais foi em setembro, oito meses depois. Ceci aparecera de surpresa para o aniversário de Lelia e estava arrumando a casa para quando ela chegasse da faculdade, mas eu não sabia disso. Então, quando cheguei da faculdade, corri e abracei Ceci, porque tinha certeza que aquilo era para mim. Factualmente, não fazia sentido que Ceci estivesse ali, poderia ser só mais uma das minhas verdades. Eu a levantei no ar e comecei a agradecer. Nem mesmo seu olhar confuso me permitiu desconfiar, porque tudo que eu enxergava era seu olhar apaixonado. Por mim.

Minha mãe me tirou da sala antes que eu fizesse algo pior, e eu explodi de raiva. Longe de Ceci, claro, mas na frente de minha mãe e Jacó, que também tinha vindo para o aniversário. Quebrei uma janela e machuquei o braço. Mais tarde naquele dia, tomei todos os remédios das próximas duas semanas. De uma só vez.

Fui para o hospital desacordado e estraguei a noite de todo mundo. Ceci me olhou com desgosto e decepção. Naquele dia ficou decidido não só que eu mudaria de cidade e de medicação, mas também que eu nunca mais manifestaria minhas ditas loucuras publicamente. Aceitei o Oxinidril porque não aguentaria ver aquele olhar no rosto de Ceci de novo. Aceitei transferir meu curso para Universidade Federal de São João del-Rei porque não aguentaria ver o rosto de Ceci de novo.

Tive que prometer que tomaria os remédios corretamente para poder morar sozinho, sem ninguém me supervisionando. Seria vergonhoso aos 22 anos — não que todo o resto dessa história não seja vergonhoso por si só.

Porém, como todo viciado, a tentação está sempre debaixo do nariz. Confesso que a mudança de cidade foi a medida mais efetiva do meu tratamento porque, ao afastar Ceci de meu convívio constante, eu afastava a vontade de continuar a imaginá-la. O estágio e a posterior contratação pela emissora ocupavam muito do meu tempo, o que me permitia pensar menos nas coisas que eu não deveria pensar em momento nenhum. E o Oxinidril ajudava a racionalizar as situações com a cabeça de alguém menos doente que eu.

Só que os verões chegavam, e eu queria voltar a ser o garoto esbelto e desinibido de 20 anos que impressionava Ceci com suas mentiras bem contadas. Eu sabia que não poderia sê-lo se tomasse o remédio porque não alterava as substâncias químicas produzidas no meu cérebro com drogas manipuladas naquela época. Então parava. Na esperança de ser aquele cara de novo, mas sempre acabava sendo o segundo, aquele que estraga aniversários e precisa de lavagem estomacal. Aquele que arranca olhares de desgosto e decepção.

Foi assim no ano anterior. E tinha sido assim naquele ano. A esperança renascia pouco antes do Natal, quando eu sabia que encontraria Ceci inevitavelmente, e morria no dia dois de janeiro, quando eu voltava para São João com a certeza de que tinha magoado todo mundo.

Por mais que eu saísse decidido de que nunca mais faria aquilo com Lelia, que ela merecia ser feliz, que passaria a nutrir ódio e nada mais por Ceci e que estava imaginando tudo, de novo, eu sempre voltava a fazer as mesmas merdas, de novo. Como um viciado. Toda vez que eu sabia que veria Ceci. Aquela volta não foi diferente. Eu estava determinado a deixar isso tudo para trás, mas tinha medo de que não conseguisse. Como nunca consegui.

Outra coisa que não te contam sobre alucinações é que você sabe que está alucinando, na maioria das vezes. Não é como quando você come um cogumelo e vê a parede derreter. Você sabe que sua mente está fazendo aquilo de propósito, porque também sabe que é louco. Porém, é muito mais legal olhar para o outro lado. Quanto mais tempo uma alucinação martela na sua cabeça, mais verdadeira ela fica. Quanto mais verdadeira ela fica, mais parece que ela é factual. Quanto mais parece que ela é factual, mais difícil é de largar.

Eu sabia que Lelia me amava, apesar de tudo. Mesmo sentindo que eu desejava sua namorada. Ela provavelmente sentia isso mesmo.

Com Jacó longe pela maior parte da nossa infância, eu e ela nos tornamos um só. Escolhemos aprender as mesmas coisas sobre história da arte e culinária. Íamos juntos ao cinema vibrar pela estreia dos mesmos filmes. Detestávamos açaí e histórias de super-herói na mesma intensidade. Nossas mentes eram duas frações de um todo. E, claramente, nós dois amávamos Ceci.

Não era surpresa alguma quando Lelia completava meus pensamentos ou quando só ela entendia alguma piada que eu fazia. Ela parecia ter acesso à minha mente, exatamente porque era parecida com a dela. Poderíamos ficar horas discutindo a existência da viagem no tempo com embasamento teórico firme ou como as músicas do topo da *Billboard Hot 100* são superestimadas de uma maneira que ninguém mais se interessasse, só a gente. Só a gente entendia nosso jeito de comunicar. Quase como uma linguagem secreta.

Por isso, nossa relação trazia tanto conforto, por isso eu sabia que ela nunca ficaria brava de verdade comigo. O que nos unia era muito mais forte do que qualquer outra coisa que pudesse nos separar.

Nossas mentes eram parecidas porque havíamos nos baseado nas mesmas coisas para fazer com elas evoluíssem. Sermos apaixonados pela mesma mulher só comprovava isso. A diferença é que Lelia ficou com a parte saudável do nosso inteiro. Ficou com a porção carismática, naturalmente talentosa, paciente, amável e socialmente aceita do conjunto. Para mim, sobrou a parcela feia, apodrecida e infeccionada.

Lelia arrancava sorrisos por onde quer que fosse. Tirava o fôlego de qualquer espectador com sua inteligência e rápidas associações. Uma miragem da perfeição. Tinha seus defeitos, por isso era uma miragem, mas eles eram tão sutis que seriam necessárias muitas adversidades para começar a percebê-los. Eu provavelmente era uma das piores.

Eu a conhecia bem demais. Sabia como ela funcionava e onde doía mais. Meu acesso às suas reações emocionais era muito fácil, por isso eu constituía seu maior ponto de conflito. Bem como seu maior ponto de identificação.

Com o passar dos anos, fui capaz de me adaptar. Tornei-me flexivelmente adorável para que me suportassem mais. Não havia nada evidentemente errado comigo à primeira vista, mas era fácil dizer que algo não estava certo. Eu aprendi a mentir também para ser mais aceito. Dizia coisas que não eram verdade porque precisava que fossem. Mesmo que apenas num plano superficial de uma conversa banal.

Adaptei-me para o que o mundo exigia de mim. Como profissional, cidadão, homem e, em certas ocasiões, membro de uma família, mas nunca aprendi a lidar com Ceci. O que quer que sua existência causara em mim, era uma reação irreversível. Toxinas provenientes de toda esperança que nutri, por tantas vezes, circulariam eternamente em meu sangue, e não existe hemodiálise para esse tipo de coisa.

Com o Oxinidril, eu era o irmão que sempre fui para Lelia. Ligava e conversávamos por horas. Até visitava-a em São Paulo para passarmos um tempo juntos. Por aqueles dias, parecia que nada tinha mudado. Era Ceci que confundia as coisas, sempre foi.

Lembro-me de ter ouvido minha mãe perguntar ao Dr. Bill se eu sofria de transtorno de personalidade bipolar, porque, num momento, eu era extremamente racional, consciente, emocionalmente responsável, o melhor filho e irmão que eu poderia ser; e no próximo, eu me trajava como um sem teto, passava dias sem banho e humilhava a namorada de minha irmã — em nome de ministrar ao meu cérebro que aquele era o único sentimento que eu seria autorizado a ter por ela. Mas não era o caso. Eu sofria de Ceci. Amor por Ceci.

Então precisava odiá-la, desvalorizá-la, questionar sua inteligência. Era o único jeito de não deixar tudo em mim transbordar por ela.

No dia cinco, liguei para Dalila e conversamos por três horas. Ela me contou que tinha cinco irmãos e três sobrinhos. Também disse que estava no quinto período de medicina na Universidade do Estado do Rio de Janeiro, mas que tinha nascido em Três Rios. Não sei se pelo padrão excentricamente satisfatório dos números, ou pelas risadas honestas que consegui arrancar dela durante a conversa, mas o sentimento de que eu conseguiria viver uma vida do lado daquela mulher me invadiu novamente. A vida poderia ser perfeitamente razoável sem Ceci.

Eu poderia trabalhar e arrumar a casa para ela enquanto ela estivesse de plantão. Poderia ser um bom marido. Um companheiro satisfatório. Poderia até ser pai. Pai de um filho menos doente que eu, de preferência.

E era assim que eu precisava pensar dali em diante. Nutrir a aversão à Ceci. Alimentar um futuro amor por Dalila.

Eu era tão bom em mentir. Poderia mentir esse amor até que ele existisse de verdade.

Ao menos era como eu pensava na época.

Parte sete

Festa da Carne – dia 1

Traição

O feriado mais aguardado do ano já batia na porta e dava os primeiros sinais de que seria caótico. Talvez pela energia excessiva que já alcançava as ruas de São João del-Rei, ou pelo número extraordinário de turistas que chegava na cidade. E eu assistia a tudo pela janela da sala.

O barulho das festas que já nasciam, o falatório incessante e a secura do ar impediam que me concentrasse no que precisava fazer. Eu deveria desenvolver um banner de chamada para uma programação especial de carnaval que a emissora para qual eu trabalhava ofereceria. Estava ficando muito bom até que a música no vizinho começou. Ele provavelmente já tinha visitas, e eu não sabia se isso me deprimia porque as minhas ainda não haviam chegado ou se porque aquilo me impedia de finalizar um trabalho que já deveria ter sido entregue.

Não havia parado de tomar os remédios desde a última vez que recomecei o hábito. Não pude me dar ao luxo de arriscar meu emprego assim. Depois de Dalila, comecei a imaginar que, se eu quisesse construir um futuro de verdade, um que não se restringisse às minhas alucinações, precisava assumir minhas responsabilidades mais assertivamente. E no final de janeiro, quando Marcos, meu chefe, anunciou um corte na equipe, trabalhei o dobro do que meu turno exigia para me certificar de que seria mantido. O futuro de Dalila dependia disso também.

Eu a tinha visto duas vezes desde que nos despedimos em Angra. Em uma delas, fui ao Rio e fiquei no apartamento que ela dividia com mais duas meninas. Compartilhamos sua apertada cama de viúva e transamos todos os dias. Inclusive, essa experiência me rendeu um artigo de certa notoriedade sob meu pseudônimo. Publiquei-o na revista digital da emissora pelo nome de George Antônimo — inventei na hora e achei razoável para um primeiro trabalho. Ouvi muita gente comentando sobre o que eu tinha escrito e me senti orgulhoso, mesmo que não estivesse recebendo crédito algum. Apenas o George Antônimo. Talvez tenha sido George quem aprendera a amar Dalila, porque escreveu um texto tocante sobre o reencontro com o amor.

Na segunda vez, Dalila veio a São João, mas não ficamos no apartamento. Levei-a até um hotel, e quase não saímos do quarto. A cidade era pequena, e eu não queria que as pessoas falassem. Pelo menos não até eu ter certeza de que ela queria mesmo ficar comigo. Não aguentaria a humilhação de levar um pé na bunda, por mais que ela não tivesse demostrado em nenhum momento que faria isso.

Esse encontro não me rendeu artigo algum, porque fiquei puto. Dalila deu um ataque de ciúme por motivo nenhum. Como se houvesse alguma possibilidade de eu pensar em mais alguém além dela e de Ceci — quis falar isso para ela, mas acho que só pioraria as coisas. Sim, eu ainda pensava em Ceci.

Não é assim que se larga um vício. De tempos em tempos, ele volta aos seus pensamentos como uma possibilidade. A força está em não ceder.

Não nos veríamos no feriado de carnaval, no entanto. Ela ficaria com as amigas no Rio de Janeiro, e eu permaneceria em São João del-Rei para receber Lelia e Ceci. Sim, *elas* viriam. Lelia não gostava de festas no geral, mas gostava de carnaval. Ambas exigiram ficar no meu apartamento, *"se recusavam a pagar estadia se tinham um irmão morando logo ali"*. Sim. Lelia usou *tinham*, no plural, como se a relação de irmandade fosse uma mutualidade entre nós três — o que tornaria a relação delas incestuosa, mas isso não vem ao caso. O carnaval de lá era famoso pelo fato de a cidade ser turística e universitária. Palco perfeito para bebedeira e pegação.

Elas chegariam no sábado pela manhã, o que deixava minha sexta livre. Não que fosse uma vantagem, afinal, eu não estava a fim de fazer nada além de entregar o banner e dormir o resto do dia, mas sabia que a música e a movimentação na rua não permitiriam.

Eu estava preparado para a chegada de Ceci. Digo, fisicamente. Tinha feito a barba e lavado o cabelo na sexta à tarde. Psicologicamente, já não me garantiria. Na teoria, estava tudo certo. Minhas ideias estavam organizadas, mas eu não sabia como meu corpo reagiria à sua presença. Será que as toxinas circulantes em meu sangue a reconheceriam como progenitora? Será que o Oxinidril seguraria os impulsos do desejo? Será que minha feição medicada seria mais transparente?

Não queria ter que pensar nessas coisas. Queria não ter que duvidar de mim. *É a porra da namorada da minha irmã.*

Queria que fosse só isso.

Meus planos para o descanso pós cumprimento de obrigações foram interrompidos por batidas incessantes na porta principal de meu apartamento. No olho mágico, um distorcido Ronald. Apoiei a testa na porta e suspirei profundamente. Eu já podia prever qual seria sua proposta.

Abri a porta, e ele já foi entrando com seus tênis imundos manchando meu chão encerado. Fechei a porta e conferi três vezes enquanto Ronald abria a geladeira com toda a intimidade que nunca dei.

— Não tem cerveja aqui?

— Eu não bebo alcoólicos, Ronald — respondi, com certa impaciência. Não queria que ele estivesse ali. Muito menos contaminando o ambiente com suas mãos enormes e asquerosas. O ambiente que eu tinha esterilizado para a chegada de Ceci.

— Eu sei, mas é carnaval, e você tem um apartamento no centro da cidade. Deveria ter alguma coisa aqui. — Ele fedia. Não sei a que substância, mas fedia. — Nós vamos sair! Tem uma festa que…

— Eu não vou sair — falei sem nenhuma entonação.

— Você vai sim! Já basta se enfurnar nesse lugar a semana inteira, todos os dias da semana. É carnaval, porra!

— Acho que você já disse isso — disse e liguei a tevê.

— Recebi seu banner pelo e-mail da empresa. Sei que não tem mais trabalho para fazer.

— Nunca disse que esse era o motivo de eu não querer ir.

— Se você não for, vou apagar o e-mail — ameaçou com tom de piada.

— Ronald, sério, não fala merda — falei sem dar muita importância para sua chantagem. Sequer desviei os olhos para ele.

— É só que é meu trabalho, sabe? — continuou e se sentou ao meu lado no sofá mostarda. — Apagar e-mail inúteis, propostas irreais, spam… — O odor era ainda mais forte. Urina? Vômito? Sexo? Os três? — Imagina se o Marcos acorda amanhã e vê que você não fez o banner para chamada que já era para ter sido entregue há três dias. Com o corte da equipe…

— Você não faria isso — falei, encarando seus olhos verdes levemente embriagados.

— Estou quase fazendo… — falou tirando o celular do bolso, tentei pegá-lo, mas ele logo se levantou do sofá. Ronald era mais alto, mais pesado e possivelmente mais forte. E não tinha nada a perder.

— Quero estar de volta às duas, no máximo. Minha irmã chega amanhã, e preciso dar um jeito na casa antes — falei. Ele olhou em volta com uma expressão desconfiada, como se não tivesse nada fora do lugar, mas concordou com a cabeça.

Talvez o cheiro de Ronald fosse, na verdade, cheiro de carnaval porque assim que chegamos à casa em que acontecia a tal festa, o mesmo aroma dominava o ambiente.

Eu não ia beber, óbvio. Só bebia com Dalila, porque George tomava alcoólicos. Nathan não.

Ronald parecia já conhecer muitas das pessoas que ali estavam. Cumprimentou várias das que passaram por nós, deu um tchauzinho pro Dj e já foi me mostrando onde ficavam os banheiros, onde comprar bebida e os melhores lugares para transar.

— Só não tenta subir para o segundo andar. A dona da casa fica puta.

— Eu não pretendo.

— Quero te apresentar umas pessoas — falou, me entregando um copo transparente com conteúdo azul e me puxando pelo pulso.

Eu não queria conhecer ninguém, não queria estar ali e queria me livrar daquele líquido de procedência extremamente duvidosa. Minha mente só conseguia pensar em todos os lugares que Ronald contaminara em meu apartamento e que eu não tinha limpado o suficiente. Podia imaginar as bactérias se proliferando, bolores surgindo, fedor de carnaval se entranhado nos móveis, digitais gordurosas na porta da geladeira, resto de pele morta no meu chão encerado. Sentia calafrios só de pensar que, quanto mais tempo sem limpar, mais a sujeira ficaria aderida, e mais difícil seria de tirar.

— Nathan, esses são Rebecca, Júlia, Carlos, JP e Sol — apresentou Ronald quando chegamos à roda de amigos. A música alta quase impediu que eu ouvisse os nomes corretamente.

Sol.

Sol usava uma fantasia de girassol, provavelmente pelo trocadilho com seu próprio nome. Sol tinha um sorriso largo. Ela provavelmente tinha bom humor. Usava uma sainha amarela que mal tampava sua bunda, com uma blusinha, também amarela, e arquinho de girassóis. Ela era linda. Uma pele bem clarinha, cabelo liso e castanho até a cintura. George poderia amar Sol.

— Prazer, Nathan — disseram, mas eu só olhei para Sol.

— Sol? Que nome interessante — falei, me aproximando. Ela não parecia bêbada, mas estava bebendo.

— Minha avó quem me deu. Foi a primeira palavra em português que ela aprendeu — falou com seus dentes irregulares. Não eram perfeitos como os de Ceci ou Dalila, mas eram charmosos. Os dois da frente se pronunciavam mais, o que trazia uma jovialidade ao sorriso.

— Duvido que sua avó tenha aprendido "sol" antes de "oi" ou "eu te amo" — falei em tom de piada.

— Não estrague a magia da minha história — disse cruzando os braços em uma performance nada convincente de indignação. — E seria ridículo se meu nome fosse "Oi".

— Seria mesmo, mas você poderia falar que era tendência no país de onde sua avó veio. — Naquele ponto, tínhamos que falar muito perto um do outro para que pudéssemos nos ouvir. Eu podia sentir seu hálito de cereja e seu perfume de baunilha. Não a mesma baunilha que Ceci, mas era baunilha.

— Mentir não torna uma história mágica.

— Pode tornar sim.

— De qualquer forma, eu já tenho um nome coreano, teria que inventar outra história…

— E qual é o seu nome coreano?

Sem me responder, ela tirou de sua bolsinha um carimbo e pressionou em meu braço. A tinta formava as palavras Sol em cima e *Byeol* em baixo, com um número de telefone no meio.

— Estrela, céu... é o que significa.

— Você sai carimbando todo mundo que pergunta por seu nome coreano?

— Só os que eu quero pegar.

Festa da Carne – dia 2

Festim local

Minha garganta estava seca, e meu braço direito, dormente. Os olhos abriram, mas minha mente ainda não tinha voltado à racionalidade. Olhei em volta e aquele quarto me era estranho. As paredes amarelas e os quadrinhos de flor e frases motivacionais em inglês. *Home is where the love is*. O sol invadindo o cômodo pela janela esquecida aberta na noite anterior. Sol ao meu lado.

Eu não tinha bebido, como prometido, mas estava com dor de cabeça, melado e enjoado como se em ressaca. Embriagado de Sol e sexo. Coloquei-me sentado na beirada da cama com o rosto apoiado nas mãos. O arrependimento me consumindo mais do que a sede.

A parte ruim de Nathan não beber alcoólicos é a impossibilidade de culpá-los por suas decisões ruins. Eu me lembrava de cada passo que tomara na noite passada e que me levara ao quarto alugado de Sol. Havia dito sim atrás de sim. Desconsiderando Dalila. Desconsiderando Ceci.

Era bom saber que existia uma parte de mim que tinha conseguido se descontaminar do feitiço de Ceci e que não o tinha feito ao substituí-la por Dalila, mas sim, estava livre de qualquer figura feminina. O lado ruim era que todo o resto do meu ser, que ainda amava Ceci, e que, de certa forma, aprendera a amar Dalila, ainda estava vivo e pesando em culpa. Pensei se deveria criar outro pseudônimo para essa minha parcela. Talvez o chamasse de Lincoln.

— Que horas são? — perguntou Sol.

Eram 11h45. Mas não foi o horário que me chamou atenção ao olhar a tela de meu celular. Foram as trinta e cinco ligações perdidas de Lelia.

Merda.

Sem nem responder Sol, pulei dentro da calça jeans que estava jogada na poltrona do quarto, enfiei os pés nos tênis e saí em disparado pela porta da frente. Meu estômago também doía. Fazia muitas horas desde a minha última refeição. Estava sem energia. Mesmo assim, fui correndo para casa. Literalmente.

O lugar onde Sol estava hospedada não era tão longe do meu apartamento, então eu não demoraria para chegar. O problema eram as centenas de pessoas que já estavam na rua. Os blocos de carnaval tocavam a todo vapor, e as vielas não tinham muito espaço vago para que alguém com pressa pudesse passar.

Quando avistei meu apartamento, um alívio imediato se manifestou. Por sorte, as minhas chaves não haviam saído do bolso onde as colocara antes, porque a urgência em voltar para casa me cegou a ponto de nem verificar se elas estavam comigo, ou se eu tinha colocado uma camisa.

Subi o vão único de escada ofegante e logo as avistei sentadas na porta de meu apartamento. Ceci se apoiava em uma das malas, e Lelia me encarava com um olhar enfurecido.

— Sorte que o porteiro nos deixou entrar, senão seríamos arrastadas pela multidão — falou minha irmã, já colocando a bolsa nos ombros e se preparando para entrar.

— Me desculpem! Mesmo. Desculpe Ceci — falei sem coragem de encará-la.

Eu ainda não tinha olhado de verdade para ela. Estava com medo. Aquela era a primeira vez que a veria com o Oxinidril devidamente administrado em meu corpo. Não tinha pulado um dia sequer e estava em plena racionalidade de meus atos. Isso fazia com que eu me culpasse ainda mais pelos eventos da noite passada. Sentia que a havia traído.

— Não me lembro da última vez que te vi sem camisa — comentou Ceci, tentando aliviar o clima tenso que a situação carregava.

Na última vez que transamos Ceci. Antes de eu voltar com os remédios.

— Onde você estava? — minha irmã perguntou. Eu podia ver a insatisfação em seus olhos.

— Não seja tão dura com ele, Lelia, é carnaval! — falou Ceci segurando seus ombros. Eu só vi a cena pelo canto dos olhos. Ainda não a tinha encarado.

Corri para o banheiro, me sentia imundo. Suado. Melado. Sujo de desgosto e arrependimento. Não sabia por onde começar. Queria submergir meu corpo em água sanitária. Abri a torneira e senti minha mão ficar grudenta.

Ronald.

Ele certamente usou o banheiro quando esteve aqui. Sujo de não sei o quê. Contaminado. Saí do banheiro e fui direto para o armário em que ficavam os produtos de limpeza. Peguei bucha, palha de aço, água sanitária e desinfetante. Voltei imediatamente depois sem sequer considerar que as duas estavam assistindo ao meu episódio de TOC.

Joguei a água sanitária em tudo. No chão, no box, na pia, no vaso, em meus braços e torso. Comecei a esfregar a pia e torneira com a bucha o mais forte que consegui. Peguei a palha de aço e o desinfetante e continuei o processo. Quando me dei conta, esfregava minhas mãos com a palha de aço. Eu as pressionava com tanta força que começaram a sangrar. A área em volta das unhas, por ser mais sensível, foi a primeira. Doía, mas eu não parava. Ainda não estava limpo o suficiente.

Quando meus braços ficaram cansados do esforço, entrei no chuveiro. Por cima da pele sensibilizada pelas agressões que eu havia me causado, passei sabonete. O em barra e o líquido que ficava na pia. Passei shampoo no cabelo em quantidade excessiva, para que a espuma se espalhasse por todo o meu corpo. Minhas mãos ardiam.

Senti um gosto estranho na boca. Ainda não tinha escovado os dentes. Minha boca ainda carregava Sol. Sem pensar duas vezes, peguei a garrafa de desinfetante e coloquei a medida de uma tampinha na boca. Eu sabia que não deveria engolir, por mais que quisesse. Queria me sentir limpo de dentro para fora, mas eu não queria ir para o hospital e estragar a festa outra vez. Então, cuspi alguns segundos depois.

O gosto que ficou era detestável, mas, ao menos, não era gosto de Sol.

Eu estava envergonhado. Como se elas pudessem ver em mim todo o pecado. Como se eu devesse algo à Ceci. Sentei-me no balcão da cozinha e comecei a me encher de café frio da tarde do dia anterior. Parte para me distrair, parte para tirar o gosto de desinfetante da boca.

A noite anterior tinha sido a primeira em que eu não tomara o Oxinidril. Estava fora quando o horário de tomá-lo chegou, e não tive tempo de pegá-lo no quarto antes de Lelia e Ceci o ocuparem. Não queria que elas vissem.

Eu dormiria no sofá-cama mostarda na sala para dar-lhes privacidade. Mesmo que meus hábitos fossem solitários e isolados, cedi o local. No caso de qualquer surto antissocial, ainda poderia me enfiar no escritório.

— Como estamos? — perguntou Lelia ao chegar à área comum do apartamento.

Minha cabeça se virou automaticamente em direção à voz. Na hora, não pensei que Ceci estaria ao seu lado, então a olhei. Não tinha mudado tanto. Os fios do cabelo estavam um pouco maiores que da última vez, e as mechas rosas agora eram apenas faixas descoloridas.

Usava, por ironia ou como forma de me punir, uma fantasia de sol. O arco dourado e pontudo segurava sua franja para trás, revelando sua pele pálida e sobrancelhas grossas. O vestido, também dourado, a enrolava como em uma pintura renascentista. Os lábios estavam vermelhos como nunca. E os olhos, meus olhos, estavam lindos como sempre.

Nenhuma palavra ousou pular de minha boca. Meu interior estava em completo colapso. Eu não sabia como me sentir. Obviamente ainda a amava. Ainda a desejava ardentemente. Queria abraçá-la para nunca mais soltar. E pensara que o Oxinidril pudesse resolver isso também.

— Espero que o silêncio signifique que estamos magníficas — continuou Lelia que, só naquele momento, reparei estar vestida de Lua. Com blusa e short prateados.

— Definitivamente — falei. Passei por elas e dei um beijo na testa de minha irmã. — Senti sua falta.

Sentira, de fato. Ela era mais importante que tudo. Com o Oxinidril, isso se fazia muito claro. Eu não podia perdê-la em hipótese alguma. Minha melhor amiga. A única que me entendia. Não nos sacrificaria por Ceci. Agradeci internamente pelos pensamentos que a medicação clareava e fui ao quarto pegar o comprimido que já deveria ter tomado. Engoli rapidamente e saí.

Nós três iríamos para um bloco de rua menos conhecido que sairia do centro da cidade, passando por mais duas das ruas principais e seguindo para um bairro mais afastado, de onde partiria um segundo bloco. Eu não havia comprado a entrada para o segundo porque elas me conheciam o suficiente para saberem que não suportaria aquele ambiente por tanto tempo.

Ceci estava tão animada como se nunca tivesse participado de um carnaval de rua antes. Lelia carregava no pescoço uma caneca com a insígnia de sua faculdade estampada. Eu tinha uma lata de energético em mãos e usava calça, diferente de qualquer outra pessoa ali.

Apesar de desconhecido, havia muitas pessoas, centenas delas, seguindo aquele bloco. Peles se roçando, vendedores oferecendo tequila a um real a dose, barraquinhas de pastel e pipoca, que também vendiam cerveja e água. Tinha glitter e papel cortado em toda a extensão da rua. Estava quente. Tudo que poderia me irritar. No mesmo lugar.

— Sabe o que acabei de falar com a Ceci? — gritou Lelia ao meu ouvido. Eu sabia que ela queria cochichar, para que não ouvissem, mas a música estava absurdamente alta, e ela já estava um pouco bêbada.

— O quê? — respondi com um sorriso divertido no rosto. Ela ficava engraçada daquele jeito.

— Nós vamos beijar outras pessoas hoje — falou em risadas. Eu congelei e quase fiz com que a pessoa de trás trombasse em mim.

— Que porra é essa, Lelia?! — disse, tentando não parecer tão bravo quanto realmente estava.

— Relaxa, Nathan! A gente só quer se divertir! E vai ser só hoje! — respondeu ela em tom decepcionado, como se esperasse maior euforia da minha parte.

— Você vai arrumar problema à toa!

— Você não sabe se divertir, Nathan! — exclamou e costurou várias pessoas até se perder na multidão.

Como ela poderia? Ela tinha Ceci só para si e era capaz de dividi-la? Pior: sugerir e desejar dividi-la. Decisão ultrajante para o Nathan doente. Apenas irracional para o Nathan com o Oxinidril. *Talvez ela não se importasse se Ceci ficasse comigo, então.* Logo afastei o pensamento. Sabia que, mesmo que isso fosse verdade, ficaria ainda mais difícil manter a cabeça no lugar se eu desse abertura a experiências reais com Ceci.

Tentei encontrá-la depois de alguns minutos, mas Lelia tinha sumido. Ceci também. Eu estava sozinho em meio a incontáveis pessoas bêbadas e suadas, gritando, dançando e se divertido. Queria estar como elas. *Talvez se eu bebesse uma dose ou duas, de qualquer coisa que seja. Eu sou fraco para bebida mesmo.* Não. Eu não poderia fazer isso também. Não podia arriscar que o álcool tirasse minha razão. Ou pior: que interferisse no efeito do meu remédio.

Que merda de feriado!

— Escolhe um número! — pediu uma menina aleatória que se aproximara.

— Pra quê? — perguntei com o um olhar desinteressado.

— De um a vinte, vai! — insistiu. Foi quando vi a dobradura de papel em suas mãos. Sua fantasia era de palhaço, e ela parecia bem mais nova que eu.

— Cinco — respondi, vencido pela insatisfação com todo o resto do evento.

Ela mexeu o objeto colorido cinco vezes e então me mostrou o miolo que continha os desenhos de coração, estrela, triângulo e sol. Eu definitivamente não escolheria sol.

— Estrela — falei e logo me arrependi. O nome de Sol também era estrela. Em outra língua, mas era.

— Estrela... — repetiu e abriu uma das abas do papel para ler o que estava escrito. — Aqui diz que você vai ter que me beijar.

Antes que eu pudesse responder, a garota puxou meu pescoço e me beijou. Um beijo apressado, babado e com gosto de Vodka. Foi tão rápido e sem sentido que eu nem me ressenti por tê-lo feito. Aquilo não me trazia culpa porque não era nada. Sol era culpa porque eu tinha gostado dela. De tudo nela. E isso era trair Ceci. Agradeci internamente por não ter perguntado o nome da garota do papel. Assim não teria que condenar mais um além de Sol e Byeol.

Quando o bloco já estava próximo ao topo do morro que determinaria seu fim, avistei Ceci. Ela beijava um homem. Era alto, musculoso e retinto. Eu nunca sentira tanta inveja em toda a minha vida. Nem mesmo quando minha irmã e ela começaram a namorar. Aquele homem estava dominando seu corpo e enfiava uma de suas mãos enormes dentro de seu vestido. Senti raiva. Queria avançar na direção dele e interromper aquele show de horrores, mas não tinha nenhuma chance contra ele, e não era como se ela não parecesse estar gostando. Senti ainda mais raiva.

Aquilo foi o estopim que me fez ir embora. Sem esperá-las ou dar satisfação. Apenas parti. Peguei um táxi de volta ao meu apartamento. Minha garganta estava em nó. Queria desabar. Jorrar rios dos olhos. Eu faria tão melhor a ela. Eu seria tão bom para Ceci. *Por que ela não enxerga isso?*

— Ei, cara — chamou o motorista. — Nada que acontece no carnaval importa de verdade. Na sua idade, você deveria saber disso. Não precisa ficar assim.

Foi só aí que percebi que eu estava, sim, chorando. Encarei o reflexo molhado e inchado com a vergonha me consumindo. Aquele era um dos piores dias da minha vida. Fiquei em silêncio pelo resto do trajeto, com medo do que poderia dizer se resolvesse colocar para fora o que atormentava a minha mente.

Tentei dormir, mas a minha mente não deixava. Nem ela nem os dois litros de energético que eu havia tomado durante o dia. A culpa queimava meu coração — mesmo que Ceci também tivesse beijado outra pessoa. *Bom, ela não tinha transado com ninguém. E ela não é sua namorada para te trair.* A raiva fazia meu estômago doer. Eu só queria virar o resto do vidro de Oxinidril goela abaixo e esperar ser curado. Ou talvez realmente engolisse o desinfetante dessa vez.

Abri o Instagram e vi que Dalila tinha postado uma foto nova. Acredite se quiser: ela também estava fantasiada de sol. *Quem foi o imbecil que teve a porra dessa ideia de usar astros como fantasia? Ou como nome?* Mas que ela estava gata, era inegável. O contraste do dourado com sua pele preta era ainda mais encantador. Também usava um top de crochê amarelo. O mesmo que eu já havia arrancado de seu corpo no mínimo duas vezes.

Senti ciúme.

Mesmo que não fizesse o menor sentido. Mesmo que eu não pudesse exigir fidelidade, senti. Queria que ela fosse minha, porque eu não tinha mais nada. Se não tivesse sucesso, dignidade, uma boa carreira, uma boa casa, saúde psicológica ou habilidades sociais. Se não tivesse Ceci. Se não tivesse mais nada. Eu tinha que ter Dalila.

Foi quando decidi mandar uma mensagem e percebi que já fazia dois dias que não conversávamos. Talvez ela tivesse se esquecido de mim. Eu tinha que falar algo bom o suficiente para fazê-la lembrar.

"Sinto sua falta. Muita. E acho que dizer isso no meio do carnaval deve significar alguma coisa".

Despertei com batidas aceleradas e impacientes em minha porta. Logo pensei serem Lelia e Ceci, afinal, elas não tinham a chave do apartamento. O relógio da sala marcava três e cinquenta da manhã.

Para a minha surpresa, não eram elas. O porteiro de meu prédio estava parado de pé em frente à minha porta com um telefone na mão.

— É a namorada da sua irmã. Quer falar com você — disse e estendeu o telefone em minha direção.

— Ceci? — perguntei confuso e sonolento.

— *Por que você não atende a porra desse celular, Nathan?*

— Tá tudo bem? Aconteceu alguma coisa? — A preocupação começou a queimar em meu peito. Eu nunca me perdoaria se algo tivesse acontecido com alguma delas.

— *Eu não sei onde eu tô* — falou e começou a chorar. — *A Lelia tá caída na calçada, eu não... eu não consigo segurar...* — O choro se tornava mais intenso.

— Calma, Ceci! Vai ficar tudo bem. Eu vou buscar vocês — falei tentando não deixar que ela me desesperasse ainda mais. — Me fala o que tem perto de você. Algum restaurante? Uma praça?

— *Salão da... salão da Nilce* — disse com a voz lenta. A coisa mais genérica que ela poderia ter me dito.

— Mais alguma coisa? — continuei, com a voz pacífica, como se falasse com uma criança. — Olhe em volta, Ceci, você consegue!

— *Han...* — ela ainda fungava, mas parecia mais clama. — *Tem um prédio todo de vidro aqui perto.*

— Ok. Por acaso esse prédio tem uma medusa desenhada bem na entrada?

— *Isso! É esse o desenho!* — disse, parecendo esperançosa.

— Estarei aí em dez minutos.

Calcei o primeiro chinelo que vi pela frente e fui correndo. De novo, literalmente. Aquele era o hotel Grecco e não ficava muito longe de casa. Resolvi deixar para chamar um táxi apenas na volta para que eu pudesse ser mais rápido.

Chegando lá, Lelia estava realmente deitada na calçada com a cabeça apoiada em Ceci, que se sentava no meio-fio. O lugar ainda estava bastante movimentado. Provavelmente porque muitos dos que visitavam a cidade se hospedaram naquele hotel. Também porque poucos metros à frente havia um pub que vivia lotado. No carnaval não seria diferente.

— Nathan! Graças a Deus! — exclamou Ceci, levantando-se e deixando a cabeça de Lelia cair no chão, o que a acordou.

— Meu Deus! O que aconteceu? — perguntei, indo diretamente levantar Lelia do asfalto imundo.

— Ela bebeu muito. Mal consegue ficar de pé — disse. Ceci também parecia ter bebido muito. Sua maquiagem estava borrada, sua roupa rasgada de um dos lados, e ela estava descalça.

— Liga no último número chamado — falei, entregando meu celular para ela.

Levantei Lelia e a segurei no colo. Ela não era tão leve quando eu gostaria que fosse naquele momento, mas me recusaria a colocá-la em qualquer outro lugar.

O táxi chegou, e tive que ajudar Ceci a entrar. Parece que seu desespero trouxera uma aparente sobriedade momentânea, só o suficiente para que ela ligasse para o porteiro, porque, logo depois, ela parecia quase tão fora de si quanto Lelia.

Assim que chegamos ao apartamento, coloquei Lelia embaixo do chuveiro enquanto Ceci esperava sentada no vaso. Lavei seus braços, pernas, cabelo e rosto. Sequei-a e cortei fora suas roupas antes de colocá-la em um de meus roupões.

— A festa foi boa, hein? — disse depois de colocar Lelia na cama e voltar para secar o banheiro. Ceci ainda estava no mesmo lugar.

— Sorte que eu salvei o número da portaria hoje de manhã quando você se atrasou. Só para o caso de você sumir de novo — falou em tom de piada e riu de si mesma, mas eu me senti culpado. Elas eram minhas hóspedes. Minha irmã e minha cunhada. Eu deveria cuidar delas. *Cunhada*. Não lembrava a última vez que a tinha visto dessa forma.

— Me perdoe, Ceci! Eu realmente não sabia que seria assim. Não vai acontecer de novo, te prometo — falei, mas ela não pareceu me escutar. — Pode tomar seu banho, já sequei a bagunça que fiz.

Saí do banheiro e fui tirar a camisa molhada. Poucos segundos depois, ouvi um barulho de impacto no vidro. Corri de volta à porta e bati, mas ela não respondeu. Chamei por ela e continuei sem resposta. Precisava me certificar de que ela estava bem.

Abri a porta que, por sorte, não havia sido trancada. Eu estava com os olhos fechados e só os abriria se ela continuasse não me respondendo.

— Ceci?

— Eu caí — ela disse bem baixinho.

— Quer ajuda pra se levantar? — perguntei, ainda de olhos fechados.

— Eu não consigo sozinha.

— Me dê a mão — falei, tateando a parede até encontrar o box e sentir sua mãozinha molhada tocar a minha.

— Obrigada — disse, agora de pé. — Você sabe que pode abrir os olhos, né? — disse de maneira embolada.

— Eu não quis ser invasivo. Só entrei porque fiquei com medo de você ter se machucado.

— Mas eu ainda vou precisar da sua ajuda — falou, se aproximando e colocando o indicador e polegar nos meus olhos, enquanto suas mãos seguravam o meu rosto. Então, desajeitadamente, forçou minhas pálpebras com as pontas dos dedos.

— Ceci, não... — falei tirando suas mãos do meu rosto, mas ela repetiu o movimento.

Então eu abri. E ela estava nua. Me surpreendi com o quão certeira era a minha imaginação. Ela havia criado um corpo muito verossimilhante ao da verdadeira Ceci nos meus sonhos. No entanto, também me surpreendi por não sentir nada. Não senti tesão. Não quis beijá-la. Talvez por causa do Oxinidril. Talvez por decência. Talvez porque ela estava extremamente vulnerável, e eu não faria isso com ninguém naquele estado. Mas também não a odiava. Nem um pouquinho. Por mais que tentasse. Por mais que quisesse, só para tornar as coisas mais fáceis. Eu a amava. Muito. Talvez da maneira errada, mas amava.

Ceci tentou pegar o sabonete no alto do nicho em que eu o guardava e quase caiu de novo. Segurei-a pelo braço e acabei me molhando ainda mais

— Viu? Não consigo sozinha — falou, atropelando metade das palavras e virou de costas. — Não precisa lavar o cabelo. Pode só ensaboar.

Peguei o sabonete e comecei pelos ombros. Pretendia me restringir às áreas não consideradas íntimas, para não correr um risco ainda maior de ela se arrepender do pedido no dia seguinte.

— Viu? Não é tão difícil... — continuou virada para a parede enquanto eu ensaboava um dos braços. — Sabe, Nathan, a gente podia ter se pegado hoje — falou e eu congelei na hora.

— O que disse? — perguntei confuso e ansioso.

— Hoje foi um dia livre pra mim e Lelia. Queria ter beijado você — reforçou. Por mais que as palavras estivessem emboladas, eu podia ter certeza de que ouvira direito.

— Você está mesmo muito bêbada — comentei, tentando encerrar o assunto. Não sei que parte da minha persona estava se sobressaindo, mas certamente estava indo muito melhor do que poderia apostar.

— Agora a perna — ela disse virando-se de frente e pressionando meus ombros para que eu me agachasse. Eu o fiz sem muita resistência. Virei o rosto de lado, mas era impossível ignorar o que estava bem na minha frente. Assim, ensaboei o mais rápido o possível e levantei, desliguei a água e enrolei-a na toalha.

— Consegue se vestir sozinha? — perguntei quando a levei para o quarto.

— Vou dormir assim — respondeu, tirando a toalha e deitando-se pelada ao lado de Lelia.

Porra, o que ela estava tentando fazer comigo?

— Nathan! — chamou antes que eu saísse e fechasse a porta. — Talvez eu te beije amanhã.

Festa da Carne – dia 3

Furtivo e imprudente

Eu menti para vocês. Bom, não foi bem uma mentira. Apenas uma omissão de parte da história. A verdade é que eu tinha bebido, bebido muito, antes de toda a situação com as meninas. Assim que voltei do bloco, fui direto para o chuveiro, mas não conseguia lavar a imagem de Ceci com outra pessoa. Estava estressado. Infeliz. Com inveja. Foi quando ouvi um barulho no vizinho. Pela música e vozes dissonantes ficava óbvio que estava rolando uma festa.

Sem pensar muito, bati na porta, e deixaram que eu entrasse sem nenhuma pergunta. Havia bebida por todos os lados. Tanta gente que eu mal conseguia me mover. Sabia que não deveria beber. Não só porque Dalila não estava comigo, mas também porque eu não queria arriscar uma interferência na eficácia do Oxinidril. Mas fui fraco.

Bebi bebidas estranhas e de estranhos. Escorreguei e bati os joelhos no chão por mal conseguir me colocar de pé. Apaguei no sofá mofado do dono do apartamento e por lá fiquei até que alguém me acordou e me mandou ir embora. Nem sei como cheguei até a minha cama. Não me lembro.

No entanto, assim que recebi aquelas ligações, cerca de duas horas depois de retornar ao meu apartamento, qualquer resquício alcoólico em meu corpo teve seu efeito cessado. Eu ficara preocupado demais.

Tive sorte de o álcool não ter me prejudicado a ponto de me deixar impotente frente a uma situação que, de certa forma, era culpa minha.

O problema morava na incerteza dos fatos que sucederam a entrada no táxi.

Com o Oxinidril circulante, era mais fácil questionar a veracidade das vezes em que senti que Ceci deu em cima de mim. Porém, noite passada havia sido diferente. Eu não sentia que estava imaginando e não estava imaginando de propósito. Não era como se o restante da realidade contestasse a minha versão dos fatos. Quer dizer, realmente acordei no sofá da sala, as roupas de Ceci e Lelia estavam cortadas no chão do banheiro, minha camisa estava úmida no varal. E a evidência mais forte de todas: Ceci acordara pelada. Não que eu tivesse espiado. Não espiei. Mas as paredes eram finas e ouvi Lelia comentar algo a respeito disso pela manhã.

Seria meu cérebro tão perturbado a ponto de adaptar a realidade às minhas *fantasias* tão perfeitamente? Porque era fácil me contestar quando eu falava *sozinho* na banheira ou deixava restos de comida no quarto. Isso não. Isso parecia real demais.

Desci até a padaria, que ficava no fim da rua, perto da hora do almoço. As calçadas já estavam cheias, como imaginei. Porém, não estava nem um pouco afim de celebrar merda nenhuma. Comprei o mínimo para um café da manhã descente e voltei para casa.

Ceci estava sentada na mesa e usava um roupão. Lelia passava o café cujo cheiro era possível sentir desde as escadas do prédio. As janelas estavam abertas e permitiam uma amostra do caos carnavalesco que começava a se instaurar.

— Já estava imaginando se você tinha ido se divertir sem a gente — comentou Lelia.

— Não joga a água toda de uma vez. Divide em três *pourings*. Eu já te ensinei isso — respondi, largando as sacolas na mesa.

— Seu jeito me dá preguiça.

— Meu jeito é o jeito correto — falei e Lelia revirou os olhos.

— Só não vou discutir com seu ego porque te devo muito por ontem.

— Vamos deixar ontem pra lá? — pediu Ceci, que brincava com o prato à sua frente.

Que parte você quer esquecer, Ceci?

— Eu também prefiro. Deitar no chão! Que vexame!

— Seu rosto estava bem coladinho no asfalto — provoquei-a e ela performou um movimento de vômito. — Será que essa foi a parte mais vergonhosa?

— O que quer dizer? — perguntou Ceci avidamente, me encarando.

— Não sei... pelo estado em que encontrei vocês, sabe-se lá o que fizeram antes! Ou depois... — disse. Eu queria arrancar uma resposta dela. Qualquer que fosse. Qualquer sinal de que eu não estava tão doente assim.

— Eu sequer consegui me deitar sozinha! Quem dirá fazer outra coisa... — falou Lelia.

— Eu também não fiz nada — completou Ceci ainda me fitando. Os olhos verdes quase pediam para que eu parasse.

— Inclusive, que horas você foi pra cama? Porque não me lembro de te ver chegando. Só sei que deitei primeiro.

— Fui logo depois de você. Só tomei um banho e fui. Mais nada — disse Ceci, pensando demais para falar.

Ela subiu. Ela se lembrava. Porra. Ela lembrava.

— Vamos deixar isso pra lá, Lelia — falei encarando Ceci de volta. — Deixe que o galo na sua cabeça seja a única recordação.

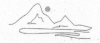

Fechei-me no escritório e comecei a pesquisa para um trabalho que deveria ser entregue na segunda. Eu precisava desenvolver uma pauta sobre os acontecimentos mais marcantes do carnaval para uma reportagem que iria ao ar na terça. Não seria ruim adiantá-lo. Talvez até ganhasse um elogio por isso. Além disso, Dalila ainda não tinha respondido à minha mensagem, e eu não queria pensar nisso.

Ceci e minha irmã se arrumavam no quarto ao lado, e eu podia ouvir algumas coisas. Paredes finas, como eu disse.

Uma satisfação enorme tomava conta do meu peito. Saber que eu tinha aquele poder sobre Ceci. O domínio daquela informação estava em minhas mãos. Sabia que ela não contaria a ninguém e, mesmo que contasse, toda culpa e vergonha ficariam por conta dela. Eu não havia feito absolutamente nada de errado, e ela sabia disso.

Eu já as tinha avisado que ficaria o resto da tarde trabalhando e que talvez as encontrasse à noite. Lelia passou no escritório para se despedir e logo deixaram o apartamento.

Cerca de quarenta minutos depois, por volta das cinco, alguém bateu na porta. Eu teria ficado puto se fosse Ronald de novo, mas não sabia o quão insanamente puto eu ficaria ao ver a cena que me aguardava no corredor.

Um grupo de vinte pessoas invadiu meu apartamento. E quando eu digo invadiu, é porque eles sequer me cumprimentaram, se apresentaram ou pediram passagem. Apenas me atropelaram e começaram a se acomodar.

— Que porra é essa?! — perguntei em voz alta, mas nenhum deles pareceu entender. Um dos desconhecidos ligou a música e, em poucos segundos, ninguém mais conseguia se ouvir.

— Nathan! — gritou um rosto familiar. Bigode ralo, barba localizada unicamente abaixo do queixo e um boné vermelho para trás. Era meu vizinho.

— Quem é essa gente? — perguntei com os olhos embebidos em ira.

— O quê? Como assim? — questionou e a ausência de resposta o levou a continuar. — Você não se lembra? Ontem... a gente combinou que você poderia beber à vontade na minha casa desde que a festa fosse aqui hoje. Marcamos de chegar às cinco.

Que merda enorme, Nathan! Que merda enorme!

— Não, eu não me lembro.

Eu não sei nem o seu nome, cara. Você é só o vizinho.

— Bom, acho que você não tem mais escolha — falou gritando por causa da música e rindo como se houvesse algum traço cômico na situação.

Eu queria gritar de raiva.

Tentei inutilmente, por quinze minutos, fazer com que as pessoas fossem embora. Elas se recusavam e abusavam do espaço que não lhes havia sido oferecido. Além disso, em meia hora, mais vinte e cinco pessoas tinham chegado.

O apartamento definitivamente não comportava aquela quantidade de gente. Não era mais possível enxergar o chão, e pessoas cobriam todos os móveis. Logo nos primeiros minutos, me certifiquei de trancar o quarto e o escritório, colocando todos os itens de valor lá dentro, mas não era isso que estava me deixando louco.

A sujeira se multiplicava numa velocidade mitótica. Tudo fedia. Eu só conseguia pensar em jogar água sanitária em todo mundo. Encher suas bocas e enxarcar suas roupas com um líquido desinfetante. Não conseguia passar cinco minutos sem ir ao banheiro e lavar minhas mãos com a palha de aço. Meus dedos já haviam começado a sangrar de novo.

Por isso tive que beber: Eu não aguentaria nada daquilo sóbrio. Eu não parava de reparar em cada um dos farelos de biscoito, manchas de bebida no meu chão encerado e na mesa central, embalagens amassadas no canto perto da janela, o cheiro de gorfo na pia e a montanha de papel higiênico usado ao lado do vaso.

Pensei que fosse surtar e abandoná-los ali. Ir enfiar a cabeça num balde de álcool 70 por aí, mas não podia confiar que eles não destruiriam o apartamento. Eu não conhecia nenhuma daquelas pessoas. Tinha que haver um jeito de manter as coisas sob o meu controle.

Então eu bebi. Vodka. Tequila. Cachaça. Tudo. Um copo atrás do outro até que o TOC parecesse se distanciar e a ardência nas mãos se tornasse ínfima.

O tempo passa de um jeito diferente quando se está bêbado.

Quando voltei a ter consciência do que ocorria a minha volta, setenta por cento das pessoas estava nua, Ronald estava lá, e eu estava sentado debaixo da mesa com a calça molhada não sei do que. Humilhante. Não gosto de lembrar.

Não sei exatamente por que foi nesse momento que recobrei meus sentidos, mas, assim que me coloquei de pé pela primeira vez em sei lá quantas horas, vi Ceci e Lelia entrando pela porta da frente.

Lelia me olhou furiosa. Estava bêbada, mas furiosa. Avançou em minha direção como se eu fosse a pessoa mais imprudente do mundo. E talvez estivesse agindo como tal.

— Quem é essa gente toda? — perguntou quando conseguiu costurar a aglomeração e me alcançar.

— Não faço ideia, eles só entraram aqui — respondi embolado. Minha língua parecia inchada, e as palavras demoravam a sair.

— Têm um monte de gente pelada. Que merda é essa, Nathan? Ficou louco?

— Não é minha culpa, Lelia. Eles só entraram aqui.

— Eu mal consigo entender o que você está falando! — gritou perto do meu ouvido. Parte da culpa era da minha incapacidade de falar, mas ela também estava alterada o suficiente para confundir qualquer informação que ouvisse.

Em segundos, ela deixou minha presença. Ouvi apenas um barulho e, em seguida, a música cessou: Lelia havia jogado a caixa de som pela janela. O objeto espatifou no asfalto, embora a distância fosse relativamente pequena. Ela certamente o havia arremessado. A música morreu, e começaram os cochichos.

— TODO MUNDO PRA FORA! — berrou Lelia.

Ela acendeu as luzes e começou a ajuntar as latas e copos do chão. Com mais alguns gritos e empurrões, conseguiu tirar todos os invasores. Até mesmo os que ainda estavam sem roupa.

Pela quantidade absurda de pessoas e seu estado de embriaguez, ninguém soube dizer como a caixa de som foi parar do outro lado a rua ou quem fora responsável por isso. Então, acabou que ninguém levou a culpa.

Sei que minha irmã nunca faria aquilo sóbria.

Nunca fui tão grato por vê-la bêbada.

Embora mais alerta, eu ainda não estava no meu melhor estado. Então, apenas observei Lelia e Ceci arrumarem a bagunça que sobrara da reunião inesperada. Elas não limpavam como eu, claro, mas eu não tinha forças para reclamar.

Em seguida, Lelia correu para o banho. Estava enojada por ter limpado tanto vômito. Ceci se sentou ao meu lado no sofá — que eu já estava decidido a substituir depois dos eventos daquele dia.

— Você nunca atende essa merda desse celular — resmungou Ceci. — A gente podia ter vindo te ajudar antes.

— Eu estava bêbado demais para pedir ajuda — falei com um sorriso acanhado. Não era engraçado, mas eu quis rir.

— Então a festa foi boa?

— Não sei. Nao lembro.

— Quem eram aquelas pessoas? Por que não nos convidou?

— Não faço ideia. Aparentemente combinei com elas de fazer uma festa aqui enquanto estava bêbado ontem.

— Que parte de *ontem* você ficou bêbado? — perguntou e me lançou um olhar furtivo.

— Alguma parte entre o momento em que deixei vocês e a hora que fui buscá-las.

— E você não lembra de ter convidado essa gente toda? — questionou, mas eu sabia que não era realmente aquilo que ela queria saber. Ceci queria chegar a outro lugar.

— Não lembro de muita coisa de ontem. E de hoje. Não tenho certeza de muita coisa — falei. Por mais alterado que eu estivesse, ainda pensava no que Ceci tinha feito antes e queria ver sua reação caso fingisse que não.

— Quanto ao *que* você não tem certeza? — ela queria cavar o mais fundo que podia, se aproveitar da minha vulnerabilidade para testar até onde eu sabia.

Oh, Ceci, tão ingênua. Não sou burro. Não vou te livrar dessa.

— Ceci... — Fechei os olhos por alguns segundos e prossegui. — Se está se perguntando se eu me lembro do que aconteceu no chuveiro ou do que você me falou antes de dormir, eu me lembro bem.

— Merda — falou em um suspiro e cobriu o rosto com as mãos. — Eu não sei o que eu estava pensando, Nathan. Não sei... eu só... não conte pra Lelia, por favor!

— Vai ser nosso segredo...

— Eu tô falando sério, Nathan! Ela já morre de ciúmes de você, se ela descobrir...

— Espera, ela tem ciúmes de *mim*?

— De nós. Eu com você — falou ainda com o rosto tampado.

Peguei suas mãozinhas e tirei de seu rosto, mas seus olhos não se abriram. As bochechas estavam vermelhas, e sua maquiagem, que combinava com a fantasia de fada, já estava toda borrada. Peguei meus polegares e indicadores e tentei forçar seus olhos a abrirem. Ela riu da lembrança do momento semelhante àquele no chuveiro e apertou as pálpebras.

— Eu não entendo o que você causa em mim, Nathan — falou, finalmente olhando diretamente para mim.

Aqueles olhos verdes trêmulos e o sorriso perfeito. Ceci me desestabilizava, com ou sem Oxinidril, e eu não conseguia sequer fingir que a odiava. Eu a amava. Mais do que tudo. Perto dela eu sempre ficava instável. E ela seria gatilho para minha insanidade pelo resto dos meus dias.

— É triste não estar bêbada o suficiente pra você precisar me dar um banho.

Eu não precisava ouvir mais nada. Coloquei a mão em seu pescoço e puxei-a para perto de mim. Sem nenhuma resistência, nossos lábios se encontraram. Um macio da perdição e imprudência. Sua saliva se misturando à minha. O suor de seu cabelo melando meus dedos. Seus seios roçando meu peito que já se inclinava sobre ela. E então ouvimos o barulho do chuveiro cessar.

Festa da Carne – dia 4

Surpresa, surpresa

Não sei se pelo barulho vindo do lado de fora ou se pela posição desconfortável em que me encontrava no sofá, acabei despertando antes do que meu corpo gostaria. Apesar da janela aberta, o apartamento ainda fedia aos acontecimentos do dia anterior. Ceci foi meu segundo pensamento após o aroma desagradável invadir minhas narinas. Sorri por mais uma lembrança exclusivamente nossa. Era como se estivéssemos vivendo uma história paralela àquela que mostrávamos ao mundo.

Fui até a geladeira, e ela estava vazia. Haviam roubado tudo de comestível que estava ali. Nem mesmo as garrafas de água tinham algum conteúdo. Bebi diretamente do filtro de barro que ficava ao lado da pia e peguei dois pacotes de miojo para cozinhar. *Cozinhar.*

Antes mesmo que a água pudesse ferver, Lelia saiu do quarto manifestando ira ao bater a porta com muito mais força do que a necessária para fechá-la. Meu coração perdeu o ritmo por um segundo. Toda aquela raiva... *será que Ceci tinha contado tudo para ela? Será que sua consciência tinha pesado e ela resolveu revelar nosso segredo?*

— Eu tô puta com você, Nathan! — disse com um tom de voz infinitamente mais sério que o usual.

Sentou-se em um dos banquinhos na bancada da cozinha e de frente para mim. Me encarava com fúria. Uma fúria que eu não saberia dizer de onde provinha exatamente. E era isso que me assustava.

— Por quê? — Meu rosto estava aparentemente relaxado, mas eu podia sentir todos os meus músculos se retraindo. Duros como pedra.

Comecei a suar, mas precisava negar. O que quer que Ceci tivesse dito, eu estava disposto a reverter a situação de forma que ela parecesse louca. Fingir ignorância era o primeiro passo para isso.

— Por quê? Tá zoando, né? — respondeu Lelia ironicamente, franzindo o nariz enquanto suas sobrancelhas automaticamente se uniam em um arco esquisito.

— Eu não sabia que essa festa ia acontecer, Lelia. Eles se aproveitaram da minha *bebedice* no dia anterior para me fazer concordar com algo que eu nunca aceitaria sóbrio. Você sabe bem disso — falei sem coragem de encará-la. Com o Oxinidril eu perdia um pouco da pedância juvenil.

— Eu sei, Nathan. Isso é que me preocupa! — falou em um suspiro decepcionado. Naquele momento eu soube que a conversa não tinha nada a ver com Ceci. — Você não pode beber, N! Sabe disso! Eu estava tão orgulhosa por você estar conseguindo tomar seu remédio direitinho... — continuou em volume mais baixo, como se tivesse medo de que alguém mais ouvisse — ... ainda estou — completou se esticando para tocar meu braço que mexia o macarrão.

— É carnaval, Lelia — falei para dentro.

Eu não estava orgulhoso de mim mesmo pelas escolhas péssimas que vinha tomando nos últimos dias e odiava o olhar de pena que minha irmã lançava sempre que falávamos de algo relacionado à minha doença.

— Eu sei..., mas é com a sua saúde que eu me preocupo.

— Tira essa cara de pena, Lelia! Sabe que eu odeio quando você faz isso!

— Não sinto pena alguma de você! Não mesmo! — exclamou, colocando-se de pé e contornando a bancada. — Só quero que viva uma vida tranquila, sem ninguém enchendo o saco ou se aproveitando de você.

— Eu não sou idiota, irmãzinha.

— Você foi bem idiota ontem! — ela disse em tom de piada, e eu tive que rir. Não podia discordar. — Imagina o que Dalila pensaria... que horror! — completou, enquanto retornava ao seu posto inicial.

— O que ela tem a ver?

— Você faz bem pra ela. Dá pra ver. Mas só quando seus remédios estão em dia!

Isso não era bem verdade, mas, para que eu pudesse dizer isso, teria que contar sobre como não estava tomando os remédios em janeiro e sobre as fantasias que tive com a namorada dela. Fantasias que agora haviam escapado para uma realidade bem concreta.

— Se não quiser se cuidar por si mesmo, faça isso por ela. Por mim. Por Ceci...

Eu definitivamente ficaria bom por Ceci. Mas somente se ela garantisse que me escolheria.

— Por mais que você a odeie!

— Eu não a odeio! — respondi de prontidão. Se tinha uma coisa que eu não sentia era ódio.

— Ela acha que odeia — afirmou minha irmã, e eu apenas retorci minha expressão em desentendimento. — Inclusive, ela disse que você foi super grosso com ela ontem.

— Quando?

— Ontem à noite, enquanto esperavam que eu acabasse no banho. Ela disse que foi tentar conversar, mas você ficava dizendo coisas desagradáveis ou cortando o assunto. Até que acabou dormindo e a deixou falando sozinha.

Então aquilo era um código. Eu deveria ter descoberto antes. Quando falava à Lelia que eu a odiava, era a maneira que Ceci encontrava de se distanciar da possibilidade de que gostava de mim. Também era a maneira de eu ficar sabendo que ela não contaria a ninguém sobre os acontecimentos.

Ceci era genial.

— Não foi por mal, eu realmente não gosto muito dela — falei. Eu seguiria o plano de Ceci.

— O quê? Por quê? Por que nunca me disse isso? — questionou minha irmã, com cara de surpresa.

— Ah, Lelia, eu não quero causar desconforto..., mas acho ela muito vazia. Nunca entende nossas piadas ou entra nos nossos assuntos. É como se estivesse num outro nível.

— Isso é tão ridículo da sua parte!

— Não tô falando por mal! Só acho que... ela não é como a gente. E sempre achei que você fosse arrumar alguém como a gente.

— Mas vocês eram amigos, não eram? Muito antes de a gente namorar!

— Éramos. Ela fazia de tudo para me impressionar. Era engraçado — falei com um risinho abafado. — Mas era fácil achar que ela se parecia comigo. A gente só se via uma vez por ano.

— Mesmo assim...

— Lelia — falei, desligando o fogão e encarando-a em seguida — isso não importa! Ela é *sua* namorada, eu não tenho que gostar dela. Agora coma esse miojo!

— Miojos costumavam ser um ultraje para cozinheiros como você!

— Eu posso fingir que isso é um nhoque ao pomodorine. Uma mentirinha às vezes torna a vida mais interessante.

Naquela tarde, precisei adiar a execução de meu trabalho na emissora. Eu daria um jeito de terminar até às 19h daquele dia. A prioridade naquele momento era esterilizar a casa. Não havia a menor possibilidade de eu voltar a dormir naquele sofá. Os móveis que não fossem substituíveis seriam exaustivamente esfregados até que os mais ínfimos resquícios de pele morta e podre desaparecessem.

Não me importava muito se alguns deles acabasse estragando, contanto que ficassem limpos.

Arrastei o sofá até o andar da portaria, e o cara que havia concordado em comprá-lo por cem reais apareceu poucos minutos depois.

De volta ao apartamento, joguei água sanitária no piso e comecei a esfregá-lo. Até o ponto em que meus braços arderam. Passei a cera e, em seguida, comecei a limpar a mesa de centro com uma bucha e detergente. Minhas mãos ardiam pelos ferimentos de surtos anteriores, mas procurei ignorá-las.

Quando o móvel da tevê, a mesa de jantar, as quatro cadeiras, os dois bancos, a bancada, a janela, a privada, o box, a pia do banheiro e da cozinha, a geladeira, maçanetas e os armários estavam suficientemente estéreis aos meus padrões, fui direto para o chuveiro e fiz o mesmo com o meu corpo. O apartamento cheirava à imácula.

Minha pele estava sensível pela água beirando a fervura e pela alta quantidade de químicos com que teve contato durante todo o dia. Meus bíceps doíam como nunca, e meus joelhos vacilavam. Eu só precisava me deitar e deixar desligar. O único problema era onde.

Sem o sofá, eu não tinha onde dormir. Talvez até houvesse um colchão de ar no depósito coletivo do prédio, mas não queria ter que limpar mais nada. O jeito seria dormir enquanto as meninas não chegassem e permanecer acordado enquanto elas dormiam, já que, aparentemente, lojas de móveis sequer funcionam nos feriados. Eu não tinha amigos a quem pedir um colchão emprestado.

Porém, antes mesmo que pudesse ligar e pedir à Lelia que me acordasse quando voltassem para que eu liberasse a cama para elas, alguém bateu na porta. Eu rogava aos céus para que aquilo não significasse mais uma promessa embriagada. Não aguentaria outra noite daquelas.

Mas aquelas cinco batidas eram boas novas. Cinco batidas que decodificavam algo que teria início naquele apartamentinho em São João del-Rei e duraria por toda a vida.

O ar angelical. O cabelo em milhares de tranças. Os lábios carnudos emoldurando um sorriso de quem diz *surpresa*. O mesmo conjunto de crochê da primeira vez que tínhamos nos visto.

— Você disse estava com saudade — disse Dalila.

— E como... — respondi com um sorriso que brotou tão naturalmente quanto era de se esperar de uma pessoa mentalmente estável.

Dalila carregava duas malas consigo. Ela viera para ficar. Literalmente. Quis trazer o suficiente para passar os dois dias restantes do feriado de carnaval e mais o resto da semana *"se não fosse incômodo"*. Eu estava tão genuinamente feliz com a presença dela que a possibilidade de começarem a falar sobre nós dois não me incomodou nem um pouco. Eu queria que falassem. Queria que houvesse um *nós dois*.

Queria poder ficar com ela ali no apartamento. Levá-la novamente para o hotel daria a impressão de que eu estava voltando a nos tornar um segredo. Além disso, àquela altura do feriado, todos os quartos já deveriam estar ocupados.

Informei-a de todo o ocorrido. Tudo mesmo. Sem esconder ou inventar nenhuma informação. Digo, isso se considerarmos que o motivo principal da minha primeira bebedeira tinha sido Ceci e meu amor não resolvido por ela, e que isso pertencia a um Nathan que não era o mesmo que Dalila conhecia, e que, então, eu não precisava contar.

Passamos as próximas horas trabalhando, juntos, no roteiro que eu tinha de escrever. Dalila fazia isso comigo. Ela estimulava a parte saudável que ainda vivia em mim. Conseguimos terminar às 22h. Apesar de bem em cima da hora, creio que o conteúdo compensaria. Dalila me ajudou a construir a temática melhor e a adicionar um comparativo do nosso carnaval de São João com o tradicional do Rio. Ela até forneceu material visual para integrar a reportagem.

Eram nesses momentos em que eu me perguntava como poderia amar outra pessoa além dela.

Cozinhei uma lasanha com pimenta biquinho e molho verme-lho assim que o trabalho foi enviado. Dalila me envolvia pela cintura enquanto eu mexia o molho. Aquilo quase parecia com um futuro.

— Achei que você ia sumir depois que não respondeu minha mensagem — eu disse.

— E eu achei que seria mais impactante aparecer aqui de surpresa do que tentar pensar em uma resposta que causasse o mesmo efeito.

— Definitivamente... — disse e desliguei o fogo —, mas você me deixou com medo. De te perder.

Seu olhar parecia confuso, mas, ao mesmo tempo, feliz. Era como se ela não esperasse que aquelas palavras saíssem da minha boca. Talvez porque, até aquele momento, eu realmente nunca tivesse dado a entender que desejava que nos tornássemos algo oficial. Os sentimentos que tinha por Ceci me impediam de colocar alguém em seu lugar. Ceci era um tumor irremovível. E agora nós tínhamos uma atração secreta um pelo outro.

Um ato criminoso. Coisa de pele e paixão. Mas nós sabíamos. Ela sabia. Eu sabia. E só a possibilidade de que ela poderia correr para os meus braços a qualquer minuto eliminava toda vontade de me comprometer com qualquer outra pessoa.

E foi essa faísca de possibilidade, a faísca alimentada pelo beijo da noite anterior e pelo sorriso antes da despedida naquela tarde, a única coisa que me impediu de pedir Dalila em namoro naquele momento. Eu só o faria quando o medo de perder Dalila fosse maior que o de afastar Ceci.

Cerca de duas horas depois que havíamos acabado de jantar, as meninas chegaram. Eu estava um pouco tonto pelo vinho trazido por Dalila que havíamos tomado. Ceci e Lelia estavam bem, se comparado aos dias anteriores. Elas tinham voltado mais cedo porque viajariam de volta para São Paulo na manhã seguinte.

— Não acredito no que meus olhos estão vendo! — exclamou Lelia e correu para abraçar Dalila.

Não era como se elas fossem amigas nem nada, mas Lelia ficava ainda mais carinhosa quando tinha álcool circulando em seu sangue. Ceci tinha um olhar de desapontamento, e eu pisquei para ela discretamente. Como um sinal. Um sinal de que havia entendido o código que ela criara e estava apenas performando. Ela corou e desviou os olhos.

— Com uma surpresa dessas, a gente não pode deixar a festa terminar agora! — continuou minha irmã.

— Não sei não, Lelia, estou bem cansada. E a Dalila também deve estar cansada da viagem — sugeriu Ceci.

— Mas nós já vamos embora amanhã! Hoje é o único que temos para aproveitar, não é D? — perguntou, e Dalila deu um sorrisinho de satisfação pelo apelido que abria portas para uma intimidade maior.

— Eu acho que deveríamos jogar algum jogo de cartas — falou D.

Fui ao quarto e peguei o baralho. Ao lado, as cápsulas de Oxinidril. Olhá-las me trazia dúvidas sobre mais coisas do que conseguiria listar. Quando contaria sobre isso para Dalila? Eu deveria contar? George Antônimo contaria? E se eu não tomasse mais? Será que isso prejudicaria minhas chances com Dalila ou me tornaria mais eu? Afinal, ela havia me conhecido sem o Oxinidril.

Decidi não tomar naquela noite. *Eu já tinha bebido mesmo.*

Voltei para a sala, elas tinham arrastado o tapete que costumava ficar debaixo da mesa de centro e o cobriram de almofadas. Também apareceram com uma garrafa de tequila. Lelia disse que havia comprado para o caso de eu querer fazer uma festa de despedida para elas.

— Esse chão está inacreditavelmente limpo — comentou Dalila.

— Vamos jogar *pif*! — exclamou Lelia, com uma animação incomum. — Quem perder, bebe um shot de tequila!

Meu corpo doía pelo excesso de esforço para deixar aquele local habitável. Sentar no chão, sem nenhum apoio para as costas, não ajudava, mas, talvez, depois de alguns shots, eu esquecesse isso.

Lelia perdeu as três primeiras rodadas e ficou ainda mais bêbada. Em seguida, eu perdi e bebi. Aquele gosto terrível desceu queimando, mas não causou nenhum outro efeito. Depois, Dalila perdeu cinco rodadas seguidas. Porém, permanecia tão firme quanto uma rocha. Parecia tão sóbria quanto no começo do jogo.

— Não vale! Você não está ficando bêbada! — reclamou minha irmã quando Dalila perdeu a rodada pela sexta vez. — Você vai ter que cumprir um desafio...

— Não inventa, Lelia... — disse Ceci com impaciência. Ela estava claramente infeliz, e eu não sabia por quê. *Podia ser ciúmes.*

— É sério! Qual é a graça se ela não ficar bêbada também? — perguntou retoricamente e prosseguiu: — Você vai ter que escolher alguém da roda pra beijar. E não pode ser meu irmão. Porque aí seria muito óbvio.

Dalila pareceu incomodada por um minuto, mas, como eu não esbocei nenhuma reação, ela relaxou. Eu estava convicto de que ela escolheria Ceci. Seria muito menos esquisito beijar uma estranha do que a irmã do seu namorado. Mas ela não sabia que Ceci não era uma estranha. Ela era a pessoa que eu amava.

Minha garganta secou. Qualquer que fosse a escolha de Dalila tornaria o clima do ambiente muito mais esquisito. Pensei em intervir e dizer que aquilo não fazia partes das regras do jogo, mas Ceci foi mais rápida.

— Vou facilitar pra você: meu combinado com a Lelia pra esse carnaval é que, se uma de nós beija alguém, a outra também beija. Então meio que tanto faz quem você vai escolher.

Antes que eu pudesse racionalizar alguma reação para aquela regra dúbia, Dalila inclinou-se e beijou Lelia. Um beijo rápido e sem nenhuma emoção. Quer dizer, pelo menos foi o que minha visão turva e alcoólica permitiu perceber.

— Agora Ceci pode escolher quem ela vai beijar — disse minha irmã.

E, mais uma vez, minha respiração falhou. Por mais que aquele jeito fizesse mais sentido, eu havia pensado que a regra determinava que elas beijassem a *mesma pessoa*, e não *alguma outra pessoa*. Se Ceci me escolhesse, eu saberia que os sentimentos dela eram reais. Seria uma confirmação de que algo acontecia paralelamente ao mundo real que todos enxergavam. Demonstraria que minhas ilusões eram apenas *exageradas*, e não *totalmente irreais*.

Então, Ceci me encarou, e eu soube que ela me beijaria. Reconhecia aquele olhar específico. Por tê-lo reproduzido dezenas de vezes em minha mente e por tê-lo rememorado na noite passada.

Ceci me beijou. Beijou de verdade. E aquele beijo era diferente de todos os anteriores. Era mais seco e menos sensual. Tinha bem menos desejo e ressentimento. E trazia consigo uma carga negativa. Era como transar na cama dos pais, porque o estávamos fazendo na frente de Lelia. Eu pude sentir seu olhar desacreditado nos queimando.

Foi um beijo rapidíssimo, mas nele couberam mais outras inúmeras perguntas e sentimentos. Não nos tocamos em nenhum outro local senão nos lábios. Talvez por isso tenha sido tão sem emoção. Mais sem graça que os dos meus sonhos. Neles, a chama era muito mais ardente, mas eu compreendia que as circunstâncias não possibilitavam tal realização. Seria entregar o jogo muito facilmente.

Quando nos distanciamos, Ceci não desgrudou os olhos de mim. Os glóbulos verdes me fitavam mais intensamente do que se tivéssemos prosseguido com o beijo.

— Não quero mais jogar — sussurrou Lelia, e eu pude sentir no seu tom de voz que havia algo errado.

— Eu também não — disse Ceci, colocando-se de pé e, só então, cortando o contato visual.

Na ausência de ideias melhores ou mais sóbrias, decidimos dormir os quatro na mesma cama. Para não causa maior desconforto, eu deitaria em uma das beiradas da cama, com Dalila separando-me de Ceci. Era óbvio que o móvel não nos comportava bem, mas uma noite não mataria ninguém.

O clima estava péssimo. Isso estava no silêncio absoluto de Lelia, nos movimentos brutos com que Ceci fazia as mínimas coisas e nos comentários de alívio cômico que Dalila tentava fazer. Estava na fila moribunda para o banho e na forma quase inconsciente em que nos deitamos.

Nos organizamos de forma que os pés e cabeças se intercalassem. Era o jeito que permitia a melhor impressão de espaço disponível para dormir. Adormeci com os pés de Dalila em meu peito e encarando a nuca de Ceci. Olhando para ela e sabendo que nós dois tínhamos feito muita merda.

Festa da Carne – dia 5

Compromisso

O dia nasceu, e só eu estava na cama. Alguma parte, ainda bêbada, de mim me impedira de perceber quando e por que minhas companheiras haviam abandonado o local. Sem cuidado matinal algum, fui direto para sala sem sofá, não havia ninguém. Apenas um bilhete descansando na bancada da cozinha.

Fomos tomar café naquela padaria

— L

Ser mais impessoal do que aquilo seria impossível. No entanto, as malas de Lelia e Ceci ainda se encontravam no apartamento, o que significava que elas não estavam tão desconcertadas a ponto de irem embora sem se despedir.

Eu não queria comer. Estava enjoado demais pela mistura de bebidas e alimentação insuficiente para sustentar um homem da minha idade. Meu coração apertava no peito em angústia pela noite passada. O que será que estava se passando na cabeça delas? A atitude de todo mundo foi, no mínimo, incomum após a sugestão infantil de Lelia. Será que elas estavam tão incomodadas quanto eu?

Não se passou muito tempo entre as reflexões — que não chegaram a lugar nenhum — até o momento em que elas retornaram. Dalila mantinha o olhar altivo de sempre. Ceci escondia o rosto por baixo de um boné. Lelia tinha um olhar cansado e nada mais.

— Não podíamos te esperar acordar. Nosso ônibus sai daqui a pouco — disse Lelia, andando em minha direção. Ela logo me pegou pelo braço e nos encaminhou para o lugar perto da grande janela.

O apartamento era pequeno demais para conseguir algum lugar privado que não fosse dentro de algum dos quartos. Apesar de eu ter entendido, no mesmo instante, que ela desejava falar algo comigo em particular, Lelia queria ser discreta e entrar em algum dos outros cômodos deixaria tudo muito óbvio.

— Não gostei que Ceci tenha escolhido te beijar ontem — ela me disse e, embora aquela informação não fosse inimaginável, era duro ouvir seu tom de voz entristecido.

— L, me perdoa, eu não...

— Você não tem culpa, Nathan. Esse é o problema. Quem dera fosse fácil assim! Arranjar alguém pra colocar culpa e *puf*! Problema resolvido. — Ela encarava a rua pela janela, e sua voz era quase inaudível de tão baixa. Podia ser por querer esconder o embargo que carregava com as palavras. Lelia não gostava de parecer vulnerável. Assim como eu.

Em momentos como aquele, eu não conseguia me sentir grato pela confirmação de que não estava louco. Não conseguia comemorar a escolha de Ceci, porque ver minha irmã mais nova, minha melhor amiga, usar a maior de suas forças para segurar um choro motivado por algo que eu ajudei a fazer era uma dor muito maior.

— Você sabe que todo mundo estava muito bêbado. Ela não deve ter pensado direito. E definitivamente não significou absolutamente nada. — Minha voz estava arranhada. Era difícil admitir que aquelas palavras eram possivelmente as que mais representavam a verdade.

— Mas você disse que a odeia. Ela sente isso. Por que, mesmo assim, ela quis te beijar? Deve ter um sentimento muito maior por trás pra justificar...

— Lelia — falei fazendo-a olhar para mim —, não tente achar problema onde não tem.

Eu estava resgatando cada elemento químico do Oxinidril que ainda circulava em meu sangue para me obrigar a ser racional. Por mais que tudo que eu quisesse fosse me segurar em suas palavras.

— Como não tem, Nathan? Todo mundo sabe que você é apaixonado por ela! — Uma lágrima escorreu pela bochecha de minha irmã.

Meu coração se dilacerou.

A dor que seus olhos transmitiam me causava sofrimento físico. Eu não podia ser responsável por aquilo. Não podia deixar que essa tristeza morasse em Lelia.

— Lelia, pelo amor de Deus! Eu sou seu irmão! Nunca me colocaria nessa situação! Nunca colocaria a gente, nossa amizade, em jogo. Sim, já gostei dela. Quando éramos mais novos. Antes de vocês ficarem juntas. Acredite em mim. Eu te amo. Às vezes mais do que eu amo a mim mesmo. Isso que você disse não existe!

Aquilo não era verdade, mas eu precisava que fosse. Daquele dia em diante. Pro resto de nossas vidas.

Foi quando decidi banir Ceci de cada célula do meu corpo que ela um dia contaminara. Naquele momento, vi tudo o que perderia se cedesse à minha própria vontade.

Se Ceci realmente sentisse algo de volta, se ela de fato tentava flertar comigo, não importava mais. Ela não seria mais bem-vinda nos meus pensamentos ou planos. Seria como o processo destrutivo de uma doença autoimune, e levaria tempo. Muito tempo. Mas eu conseguiria trocar o significado de Ceci Habello em meu coração. Conseguiria esquecê-la. E odiá-la. E substituí-la.

— Obrigada por isso! Eu sabia. Nunca duvidei de você. Só precisava ouvir — disse Lelia. Pude ver a tensão de suas rugas se aliviar e um projeto de sorriso nascer. — Só não a odeie. Eu ainda vou acabar me casando com ela e gostaria que pudessem ser amigos.

Isso seria pedir demais, querida irmã.

As despedias foram menos calorosas e mais desajeitadas do que o usual. Com exceção de Lelia, que chorou pelo tempo que nos distanciava do próximo encontro. Ceci não me olhou nos olhos em nenhum momento. Se de vergonha ou arrependimento, não sei dizer. Mas eu nunca voltaria a ver aqueles olhos verdes da mesma forma.

— Muita coisa pra uma só noite, huh? — disse Dalila com um suspiro assim que elas partiram.

— Minha vida não costuma ser tão movimentada — falei, envolvendo-a num abraço.

— Posso te fazer uma pergunta? — falou com a voz abafada pelo contato com meu corpo. Minhas palpitações aceleraram pela simples possibilidade de ela mencionar Ceci.

Dalila era inteligente e observadora. Seria ofender sua capacidade cognitiva esperar que ela não houvesse percebido o modo como eu olhava para Ceci. Mesmo assim, torcia para que ela tivesse deixado isso escapar.

— Claro — respondi, tão baixo que quase não pude me ouvir.

— Nathan — começou, levantando o rosto em minha direção. Os olhos marrons me encarando, e os braços segurando minhas costas. O pescoço esticado pela diferença de altura. As tranças roçando em minhas mãos que a agarravam. — Quer namorar comigo?

Minha reação era de choque total. Não como se eu não esperasse. Muito menos como se eu não quisesse. Apenas não sabia que ficaria tão feliz. Que seria tão sortudo.

Um sorriso do tamanho do meu rosto se abriu. Minhas bochechas doíam de felicidade. Eu genuinamente quis chorar. Por aquela realidade não ter sido criada por mim e, talvez exatamente por isso, ser tão perfeita. Nunca quisera Dalila tanto quanto quis naquele segundo.

Uma lágrima escorreu de mim e pingou em seu rosto. Ela não se moveu. Sorriu como eu sorri. Nasceu no canto de seus olhos também uma lágrima, que se uniu a minha. Só eu pude ver. Aquilo era futuro. Perspectiva. Esperança.

Eu queria amá-la. Todos os dias. Cada dia mais. E naquele momento fiz uma promessa para mim mesmo: se um dia Dalila perguntasse sobre Ceci, eu diria a verdade. Cem por cento dela. Seria completamente transparente. Ela merecia isso.

Eu queria gritar. Soltar fogos. Voar pela janela em gratidão. Mas só consegui dizer um *sim*. Abafado. Sincero. Molhado. E cheio de uma felicidade que eu havia acabado de descobrir que poderia sentir.

Transamos a tarde inteira. Em comemoração, saudade e amor. Sim. Amor. Não tinha como aquilo ser outra coisa.

Dalila era minha namorada. Nem em minhas alucinações mais grotescamente impossíveis, eu sonhei ter essa sorte. E ainda com alguém como ela. Ela.

Quando eu alucinava com Ceci, nunca a via como namorada. Ela era apenas uma amante. Alguém que eu queria ter. Possuir. Conquistar. O amor de Dalila por mim era livre e saudável, como nunca pensei merecer ou ser capaz de despertar em alguém.

Dei a ela uma gaveta em meu guarda-roupa. Já estava vazia, uma vez que a tinha deixado liberada para que minha irmã e Ceci pudessem ficar mais à vontade. No entanto, quando Dalila estava desfazendo as malas e a abriu para tomar-lhe como sua, encontrou algo.

— Alguém quis te deixar uma surpresa — disse, levantando uma calcinha branca de renda na ponta do indicador. Ela não estava brava ou desconfiada. Inclusive, tinha um sorriso brincalhão nos lábios.

— Alguma das meninas deve ter esquecido — falei, um pouco nervoso. Não queria que ela pensasse que eu havia levado alguma outra garota para casa antes de ela chegar.

— Uma pena que vai para o lixo. É uma bela calcinha — disse, no mesmo tom bem humorado, mas com uma certa firmeza de quem sabe como lidar com qualquer situação.

Eu não senti pesar. Aquilo realmente não indicava nada a meu respeito. E mesmo que indicasse, não hesitaria em contar-lhe sobre Sol e sobre como ela fora a única com quem tive alguma *relação* no carnaval. E que, mesmo assim, aquela calcinha definitivamente não pertencia a ela. Eu estava disposto a tudo para que aquele *nós* fosse para sempre. Eu garantiria que nunca precisasse passar por todos os passos de intimidade com mais ninguém. Me certificaria de que Dalila fosse a única pessoa que realmente me visse por completo. Um dia ela seria capaz de enxergar-me sem todas as minhas máscaras. E apenas ela.

Mas não podia deixar de me questionar sobre aquele esquecimento. Lelia não seria tão descuidada e, pelo que conhecia dela e lembrava dos dias de lavar roupa em São Paulo, não era o tipo de roupa íntima que costumava usar. Me perguntei se teria sido Ceci. Me perguntei se teria sido de propósito.

Parte oito

Matrimônio

Era 15 de maio, e todos estavam em Hamburgo para o casamento de Jacó e Evelyn. Dalila e eu havíamos sido os últimos a chegar devido ao seu horário de estágio no hospital popular do Rio. Ela segurava a minha mão com tanta força enquanto andávamos pelo aeroporto que parecia mais nervosa do que eu.

Aquela seria a primeira vez em que minha família a conheceria, e isso a deixava apreensiva a ponto de travar o maxilar. Eu estava ansioso por não saber como seria meu novo contato com Ceci. Toda vez era diferente, e eu nunca estivera tão certo de como deveria agir. Porém, meu comportamento nunca foi cem por cento confiável — e não costumava se manifestar de acordo com as minhas intenções primárias.

A cerimônia seria realizada num castelo do século XVI famoso por sediar eventos matrimoniais. No mesmo terreno havia um grande salão, onde serviriam o jantar, e cinco chalés, sendo um deles de uso exclusivo dos noivos e equipe de filmagem. Cada chalé tinha dois quartos e uma área comum. As instalações permitiriam que os convidados vindos do Brasil tivessem certo conforto e pudessem ter menos gastos com a viagem.

Quando cheguei, ainda não sabia onde nos instalaríamos, mas torcia para que, por intervenção divina, Dalila e eu não dividíssemos o chalé com Lelia e Ceci.

Aterrissamos em Hamburgo na noite que precedia à grande celebração e fomos de táxi até o local. Fazia nove graus celsius, e Dalila suava de nervosismo.

— Você sabe que não precisa ficar nervosa pra conhecer minha família — disse e ela abriu um sorriso forçado. — Meus pais são bem pouco exigentes — brinquei e ela revirou os olhos em bom humor.

Ela sabia que eles iriam amá-la. Seria impossível que fosse diferente. Mesmo antes de toda a nossa história, que se estenderia pelas próximas décadas, eu já sentia que ela era parte da minha família. E isso que me preocupava. Se era tão óbvio que eles a acolheriam como filha, por que tanta ansiedade? Eu temia que algo além disso a estivesse perturbando. Temia que Ceci também estivesse a deixando insegura.

Já era noite quando nos acomodamos no chalé de número 3. Todos dormiam, com exceção de meus pais, que fizeram questão de nos esperar acordados.

Como previsto, minha mãe abraçou Dalila como se a conhecesse há tempos. Meu pai abrira o sorriso mais convidativo que seus dentes escuros de tabaco permitiam. E todas as apresentações foram feitas da maneira mais calorosa — como se já não fossem uma da manhã.

O barulho acordou uma de nossas companheiras de chalé, que logo correu para um abraço. Lelia deixou cair uma lágrima de emoção por me ver e, de acordo com ela, *"por ver todos nós juntos novamente depois de tanto tempo"*.

— Nunca vou me acostumar a não ver vocês em casa todo dia — disse minha mãe, que fazia um chá de camomila. — Sabe, Dalila, eles sempre foram tão grudados que achei que nunca conseguiriam morar longe um do outro!

— Também não me acostumei ainda — disse Lelia em meio a um bocejo.

— Deve ser por isso que são tão parecidos — falou D.

— Você acha? — perguntei com o cenho franzido. Ela nunca tinha me dito isso.

— Não tem quem não ache! Vocês até sorriem do mesmo jeito. E têm os mesmos olhinhos cansados — falou com os olhos brilhando. Aquele olhar que não mentia que estava apaixonado por mim. Eu torcia para que ela visse algo semelhante no meu, que são também os mesmos olhos da sua mãe.

— Pena que ele ficou com a parte feia — disse Lelia, rindo.

E doente, eu quis dizer, mas não queria quebrar o clima alegre e celebrativo. Eu já tinha estragado festas demais.

Fomos dormir poucos minutos depois. Dalila se aderiu ao meu corpo como se fosse parte do seu. Estava frio demais, e os aquecedores demoraram a fazer alguma diferença na temperatura. Com o queixo apoiado no topo de sua cabeleira, agora sem as tranças, eu pensava na improbabilidade daquela situação. Se não fosse pelo Oxinidril, eu questionaria minha sanidade naquele momento. Eu tinha a mulher dos sonhos nos meus braços. E ela queria estar ali.

À medida que os meses passavam, eu descobria mais sobre Dalila, e mais ela se distanciava de tudo que eu já fui capaz de imaginar. Não de um jeito ruim, da melhor maneira possível. Ela me impressionava com cada nova camada que revelava de si.

Era forte e imponente. Tinha conquistado uma vaga no curso de medicina após três anos de cursinho. Dalila trabalhava de manhã para pagar os estudos à noite, já que sua mãe não estava lá para bancá-la. Sua mãe tinha engravidado já muito velha, e uma infecção hospitalar levou-a quando Dalila tinha apenas 17 anos. A identidade do pai nunca fora revelada, e Dalila não tinha vontade de procurá-lo, afinal, ele as havia abandonado.

Cuidou de si desde então. Concluiu os estudos e batalhou até o fim por seu sonho. O segundo lugar de sua cota no concurso foi dela. No entanto, não parou de trabalhar. Precisava se manter e comprar inúmeros materiais para a faculdade. Sua luta foi amenizada quando conseguiu um estágio remunerado no hospital público em Laranjeiras, no Rio de Janeiro. Ela contava toda a história com um sorriso altivo no rosto. Sempre. O mesmo sorriso que ganhara toda a minha atenção na primeira vez que a tinha visto.

Ali, com uma mulher de quem eu sentia tanto orgulho, com um universo inteiro em meus braços, me sentia em casa. E sabia que seria feliz.

Sussurrei um *eu te amo* com o rosto enfiado em seus cabelos. Ainda não havíamos dito essas palavras um para o outro, mas eu sabia que já era assim que me sentia. Há muito tempo.

Meus pais saíram do chalé que dividiam com meus avós maternos e foram nos convidar para um café da manhã no centro. Dalila, Ceci, Lelia e eu.

Até o momento em que nos sentamos na escada para esperá-las, não tinha visto Ceci, mas confesso que meu nervosismo estava controlado. Eu sabia, racionalmente, que podia mentir e performar uma intolerância com ela até que isso fosse verdade factual. Também sabia que nada de terrível aconteceria enquanto estivéssemos na frente de todos.

Meu medo era que Ceci desse um jeito para que ficássemos a sós.

Assim que o par de olhos verdes apareceu nas enormes portas amadeiradas do chalé, meu coração pulou uma batida. Ela sorriu como se encontrasse um livro raro num sebo. Seus olhos mais radiantes do que nunca. Os cabelos nos ombros dançavam ao vento, e as mãozinhas se escondiam em luvas felpudas. Eu sequer reparei em minha irmã. Ceci tinha essa capacidade de sugar as atenções. Sendo de propósito ou não, ela sempre dava um jeito de fazer com que a olhassem.

Me forcei a desviar o olhar imediatamente para que Dalila não encontrasse motivos para se sentir desconfortável.

Fizemos um breve passeio pelo centro da cidade, parando em uma loja ou outra para apreciar artesanatos e souvenires claramente destinados a turistas facilmente impressionáveis como nós. Até chegarmos ao tal café que minha mãe tanto queria conhecer, ela já carregava duas sacolas com *"lembrancinha para os amigos"* — todos nós sabíamos que ela acabaria ficando com todas para ela.

Fiz questão de ficar à frente de Lelia e Ceci para que não fosse obrigado a observá-las. Dalila segurava minha mão enquanto usava a outra para registrar cada pedacinho do lugar. Estava tão feliz por estar ali que quase dava pulinhos de alegria.

Unimos duas mesas no café para que pudéssemos nos sentar juntos. Pedi um espresso duplo e Dalila um chá de frutas vermelhas. Ela não gostava de café.

Não prestei atenção nos pedidos do restante, estava ocupado demais sorrindo para a milésima selfie de Dalila. Aquilo não me incomodava, só não tinha tanto entusiasmo pela vida quanto ela.

Eu não falava quase nada de alemão e foi Lelia quem nos explicou o que havia no cardápio. Acabei por pedir um pão com grãos e linguiça. Dalila ficou na opção segura do ovo cozido.

Minha mãe, como a pessoa exagerada que sempre foi, encheu a mesa com uma variedade anormal de pães em questão de minutos e pediu cinco opções diferentes do menu, enquanto meu pai a observava em passividade.

Depois que comemos, fomos até o encontro dos rios Alster e Elba em uma ponte que dava vista para inúmeros barquinhos e cisnes. Eu segurava mais um café que havia pedido para viagem a fim de me aquecer — eu era magro demais e nem as três camadas de roupa me esquentavam o suficiente.

Dalila deu o celular para que Ceci tirasse uma foto nossa na ponte, e dei o meu máximo para fazer uma expressão agradável. Era difícil não racionalizar o quão esquisita era aquela situação.

A cidade estava cheia de turistas e pombos. Passamos por várias vias comerciais e ruelas históricas. Havia monumentos e instalações de pedra por todo lado. Era tanta coisa para ver, fotografar e comprar que acabamos almoçando também por lá.

Logo depois do almoço, as meninas partiram para o local onde começariam os preparativos para o casamento. Fiquei apreensivo em deixar Dalila ir. Era como lançá-la aos leões, mas ela teria que se acostumar em algum momento.

Meu pai e eu voltamos à locação da cerimônia de táxi e, por todo o trajeto, fiquei pensando em como havia sido eficaz em ignorar Ceci. Durante o passeio, deixei-a sem resposta por três vezes, sequer olhei para ela e, quando o fiz, não encarei seus olhos. Também critiquei seu gosto musical deplorável quando ela elogiou uma música que tocava na rádio do restaurante.

Eu conseguiria ficar bom em odiá-la. Bastava treinar.

— Sua namorada é incrível, Nathan — disse meu pai no caminho de volta.

— Ela é. Sou sortudo — falei com sinceridade.

— Você é mesmo. É areia demais pro seu caminhão — falou rindo.

— Eu sei, eu sei. Só não conta pra ela.

Meu terno era um pouco mais apertado do que deveria, mas dava para o gasto. Eu o havia alugado de última hora e acabei não experimentando. Todos os padrinhos usariam uma gravata laranja ridícula — que aparentemente combinava com a decoração do casamento —, e as madrinhas seguiriam a mesma paleta.

Eu estava nervoso e repassava meu discurso dezenas de vezes na cabeça. Tinha que ser perfeito, porque era para Jacó, isso era o mínimo que ele merecia.

"Estou muito orgulhoso de você, Nathan. Realmente deu a volta por cima", falou Jacó assim que retornei ao meu chalé e o vi pela primeira vez.

"E eu de você. Está se casando!", falei.

"Um dia será você! Mal posso esperar para rever sua namorada!", disse rindo.

"Ela está no salão. Chegará em poucas horas."

Tinha feito a barba, e meu rosto estava limpo de qualquer pelo indesejado, o que me fazia parecer ainda mais novo. Peguei um corretivo na bolsa de Dalila para tentar cobrir uma espinha teimosa que nascia em meu queixo, mas obviamente não funcionou, porque Dalila era retinta, e eu pálido como a neblina.

Enquanto ainda encarava meu reflexo tentando decidir o que fazer com aquele broto avermelhado, ela surgiu por trás de mim. Parecia uma miragem. Como se o Oxinidril falhasse em sua missão de me deixar com a cabeça no lugar. Dalila era um anjo apoiado à porta.

Ela tinha prendido o afro em um coque volumoso e com pequenos pontos de luz. Usava o vestido cor salmão que a cerimonialista viera buscar no quarto mais cedo. Os pezinhos delicados numa sandália dourada discreta. Seu rosto era o que mais chamava a atenção. Era uma produção muito mais trabalhada do que a que ela costumava fazer em si mesma: cílios que tocavam as sobrancelhas e uma faixa preta acima dos olhos que os tornavam muito mais sensuais do que o habitual.

— Gostou? — perguntou, mas a minha resposta já estava estampada na minha cara.

— E eu que achei que você não conseguiria ficar mais bonita. Tô me sentindo o segurança de uma celebridade — falei e a puxei pela cintura para mais perto de mim. Queria beijá-la, mas ela afastou o rosto.

— Meu batom... vai sair — disse rindo. — Você também está um espetáculo. Gosto quando faz isso com o seu cabelo. — Eu tinha colocado a parte da frente para trás com a ajuda de um gel fixador. O restante continuava solto em minha nuca.

— Dalila! — surgiu uma voz em nossa porta. — O fotógrafo quer tirar fotos das madrinhas.

Era Ceci. Minha cabeça doeu em perdição. Ela estava estonteante, como era de se imaginar. A franja presa em uma tiara. O vestido longo com três tons diferentes de laranja. Os pés escondidos em um *scarpin* nude. Os olhos marcados em um traço dourado que alongava a pálpebra. Os seios erguidos pela parte de seu traje que se assemelhava a um *corset*. E apenas a pulseira roxa da amizade fora do conformismo. Ceci era magnética. Eu não conseguiria não reparar nela naquele momento.

"Por que você usa essa pulseira roxa?", perguntou-me Dalila na semana pós-carnaval.

"É uma coisa que a Ceci inventou quando éramos mais novos. Pulseira da amizade, algo assim", respondi sem empolgação. Não era como se sua existência não significasse mais algo de importância considerável, ela só não era novidade. Estava ali há tantos anos que mal reparava nela — mas, quando reparava, era para sentir saudade de Ceci. "Ceci e Lelia usam também."

"Percebi", ela disse com ainda menos empolgação. Eu ainda estava com o episódio da calcinha na cabeça e não queria abrir mais brechas para que Dalila se sentisse insegura com alguma coisa relacionada à Ceci.

"Te incomoda que eu ainda use?", perguntei.

"Claro que não! Isso já estava na sua vida bem antes de eu chegar... só me promete que não vai usar no dia do nosso casamento. Definitivamente não combina com um terno."

— E Jacó quer ver os padrinhos — falou, olhando para mim em meu terno de cem reais.

— Já vou — respondeu Dalila, e Ceci se retirou com um sorriso amarelo nos lábios. — Acho melhor você tomar seu remédio antes de sairmos. Pra não se esquecer...

Eu já tinha revelado sobre o Oxinidril. Seria impossível esconder por muito tempo. Contei a ela sobre a esquizofrenia e o TOC. Fui mais superficial quanto às alucinações, e ela agiu com sensibilidade o suficiente para não fazer muitas perguntas. Também foi firme o suficiente para me impedir de beber qualquer substância alcoólica a partir daquele dia.

Com toda essa rigidez, os efeitos do TOC foram amenizados, e as alucinações quase desapareceram. Imaginei ter visto Ceci uma ou duas vezes nesse intervalo de tempo e só lavei minhas mãos até que sangrassem uma única vez. A limpeza era uma questão mais controlável para mim agora. Era mais difícil quando eu saía do apartamento e dormia em algum lugar diferente, mas Dalila me ajudava a limpar tudo antes que isso fosse um problema, como fizemos quando chegamos ao chalé.

Eu fiz que sim com a cabeça, e ela se desenvencilhou dos meus braços com a mesma sutileza com que adentrou o cômodo.

Jacó me esperava no salão em que aconteceria a cerimônia para tirarmos as fotos. Ele usava um terno branco perolado. O brilho tinha um contraste elegante com seu tom de pele preto, e seu sorriso estava iluminado.

— Achei que aqui seria a despedida de solteiro — falei enquanto posávamos para o fotógrafo, e ele riu tanto que todos o acompanharam.

Eu penduraria aquela foto em minha casa com Dalila anos depois.

A cerimônia começou com a entrada de Jacó e minha mãe, seguida pela dos casais de padrinhos, como acontece tradicionalmente no Brasil. Dalila também estava radiante. Talvez por fazer parte de uma família. Talvez por saber que ela estava mais bonita que a própria noiva.

Quando chegou a nossa vez, a versão instrumental de *I know you* do Bellarive tocava e me pareceu apropriado. Sentamos nos bancos da direita, como a cerimonialista havia orientado. Depois de todos os outros casais — de amigos de Jacó e Evelyn — entrarem, vieram Ceci e Lelia. Elas eram realmente lindas juntas, e aquela foi a primeira vez em que fui capaz de apreciar isso. Então, entraram meu pai e minha avó paterna. Em seguida, meus avós maternos e, finalmente, a noiva. Evelyn entrava acompanhada de suas duas mães, e as duas usavam terno. Aquela era a primeira ocasião em que eu a via, e ela estava realmente bonita: um vestido de mangas compridas, bem colado ao seu corpo de modelo — que era sua profissão em tempo integral —, o cabelo loiro, quase branco, solto em cachos e os olhos fixos exclusivamente em Jacó. Evelyn entrara ao som da música tema de Harry Potter.

Minha mãe não conseguia parar de chorar, e Dalila me cutucava repetidamente a cada vez que ouvia algo de que gostava.

Foi um casamento sem crianças, com um padre alemão e um tradutor. A palavra do padre durou cerca de trinta minutos e mais quinze foram destinados aos votos. Logo todos estavam no grande salão de jantar.

A mesa dos Bitencourt era grande o suficiente para comportar Dalila, Ceci, Lelia, meus pais, meus avós maternos, minha avó paterna e eu. Éramos uma família. Ceci era família, querendo eu ou não.

— Você viu que eles têm daquele camarão que você gosta? — perguntou-me Ceci, que estava a uma Lelia de distância.

— Não. Eu sequer saí da mesa — falei sem encará-la.

— Grosso — murmurou Lelia.

— E falar a verdade agora é grosseria? — perguntei perto de seu ouvido. A música nos impedia de comunicar em baixo volume.

— Você sabe que não precisa tratá-la assim, né?

— Eu a trato como trato todo mundo.

Quando Hozier começou a soar pelas caixas de som, Lelia me fitou com os olhos cheios de alegria e a boca cheia de sopa. Ela sabia o quanto eu gostava de suas músicas e como a havia obrigado a gostar também.

— É a nossa música — falou.

— Você ainda ouve ou só ouvia enquanto eu te obrigava?

— Você não me obrigou, só me convenceu. Ensinou. Igual me convenceu a gostar de jazz.

— Não tem como não gostar de jazz. Eu retiraria seu título de irmã se não gostasse — eu disse, empurrando-a com um dos cotovelos, de maneira juvenil.

Cerca de uma hora depois, os convidados foram chamados para a pista de dança. Jacó e Evelyn apresentaram uma coreografia divertida e cheia de alegria. O êxtase de ambos era nítido. Seus sorrisos, corpos e olhos falavam mais que seus votos.

Então chegou a hora em que eu deveria discursar. Eu falaria para Jacó e uma amiga de Evelyn o faria para ela. Eu suava, apesar do frio. Não queria decepcioná-lo. Havia um tradutor alemão e eu tinha medo de que ele não fizesse uma adaptação digna do meu discurso. Mal conseguia segurar o microfone.

Eu procurei por muito tempo as palavras certas. E, apesar de ser jornalista e ter habilidade com elas, todos os vocábulos me deixaram na mão. Cheguei a pensar se haveria uma ordem certa para cada uma delas que fizesse esse discurso ser perfeito. E que talvez eu nunca encontraria essa ordem.

Mas a verdade é que nada nunca foi assim com a gente. Perfeito demais.

Desde que comecei a ter uma consciência de mundo, encontrei em você um aliado. Sabia que teria você para o que eu precisasse. Porque você era O JACÓ, meu irmão mais velho, e já tinha passado por qualquer problema que eu viesse a enfrentar.

Mas, como nunca fomos perfeitos, você saiu antes que os problemas de verdade aparecessem.

Não me entenda mal. Eu não me senti abandonado, porque sempre soube que você era um cidadão do mundo. Um sonhador como ninguém. Eu sempre soube que você seria um corpo viajante. Precisava ser. Mais gente precisava conhecer a pessoa incrível que você é. Seria muito egoísta querer você só para mim.

E, à medida que eu crescia, minha admiração seguia o mesmo ritmo. Ver você conquistando o mundo, vivendo da arte da sua fotografia...

E é aí que entra a parte perfeita da história. Em um dos seus trabalhos, em Berlim, você conheceu Evelyn. E ela deve ter visto em você o que todos nós vimos desde sempre.

Por mais que eu não a conhecesse antes, podia ver o amor em vocês. Porque ele era mais energético do que físico. O tipo de coisa que se sente mesmo sem poder ver.

E olha que eu achei que o sorriso brilhante que você nos deu em sua primeira despedida era o mais satisfatório de se ver. Mas estava errado. Porque você está radiante como nunca. Talvez porque vocês reflitam o brilho um do outro.

Eu poderia inserir aqui várias piadinhas para tornar esse discurso menos sério e mais a cara do que um irmão faria, mas isso deixaria o discurso perfeito demais. E eu sou péssimo em fazer piadas também.

O que posso dizer é que nunca senti tanto orgulho de você e de suas escolhas. E que nenhuma felicitação no mundo estaria à sua altura.

Parabéns, agora você é um homem casado.

E carrega um mundo inteiro consigo.

Eu estava inseguro, mas, quando comecei a ver as lágrimas nos olhos das pessoas, me senti encorajado a continuar. Jacó me deu um abraço molhado ao final do discurso, e eu soube que ele absorvera cada palavra. Apesar disso, senti que precisava tomar um ar depois de toda aquela atenção voltada às minhas palavras.

Saí enquanto todos se concentravam na fala da amiga de Evelyn. Todos menos Ceci, que, por algum motivo, me seguiu.

— Seu discurso foi lindo — disse, aproximando-se.

— O que está fazendo aqui?

— Vim ver se estava tudo bem.

Olhei em volta em busca de alguém que pudesse ser testemunha de que ela estava ali. De que eu não tinha começado a alucinar, porque, mesmo com o Oxinidril em sua eficácia máxima, eu ainda era esquizofrênico. Ainda podia criar cenários realistas. Verdades não factuais.

— Eu tô bem. Pode ir embora.

— Qual é o seu lugar favorito no mundo? — perguntou, como se houvesse algum contexto para aquela pergunta.

— O quê? — questionei confuso. Parecia que aquela conversa estava totalmente deslocada da realidade.

— Seu lugar favorito no mundo...

— Por que a pergunta?

— Você pode agir como uma pessoa normal e responder? — disse com as mãos na cintura em sinal de indignação.

— Eu não tenho um lugar preferido. Gosto de caminhos — respondi, encarando os campos verdes que se estendiam para além do que os olhos podiam ver.

— Que intelectual... — falou de maneira irônica.

— Pareceu intelectual porque tenho pensamentos mais profundos que os seus. Mas, para simplificar pra você, só quis dizer que não tenho apego a lugar nenhum.

— Você consegue ser bem babaca às vezes, Nathan.

Seu tom era entristecido e decepcionado. Eu sabia que conseguiria segurar aquele personagem, mas foi no momento em que ela me pegou por um dos braços e fez com que ficássemos cara a cara que eu fraquejei. Seus olhos marejados e a boca em um coração. O espaço dela ainda era muito grande em mim.

— Eu só queria vir te agradecer, porque meu sonho é conhecer o mundo. E essa viagem foi o começo. De certa forma, ela só está acontecendo porque um dia você se importou com uma estranha chorando na praia. Era só isso. Você não precisa me tratar assim.

Eu queria perguntar. Perguntar até que ponto minha imaginação era condizente com a realidade. Se ela enviara sinais. Se ela realmente me beijara naquela noite no sofá. E a lágrima que escorreu por sua bochecha não me ajudou a ser mais forte.

— O mundo também tem o sonho de te conhecer, Ceci.

Ela apenas suspirou. Como se quisesse ouvir aquilo, mas como se isso não eliminasse os dizeres anteriores.

— Por que me beijou no jogo? — perguntei, enfim, passando por todas as barreiras químicas que me impediam de cavar mais fundo naquele assunto.

— Porque sabia que você queria que eu te escolhesse.

Aquilo não explicava nada. Não dizia o motivo de ela ter escolhido seguir o que achava que *eu* queria. Não revelava o quão doente estive nos últimos anos.

— Isso não diz nada.

— O que quer que eu diga, Nathan? Que eu quis te beijar? Porque eu não vou dizer isso.

— Porque não é verdade?

— Porque eu não vou dizer.

— O que estão fazendo aí? — perguntou minha mãe à porta do salão de festas. — A noiva está prestes a jogar o buquê!

Dalila estava animada o suficiente para dançar pela noite inteira — o que, vocês já podem imaginar, não fazia muito o meu estilo. Por isso, permaneci sentado, e sóbrio, por grande parte da festa.

Em certo ponto, um primo distante sentou-se em nossa mesa e se apresentou. Eu nunca o tinha conhecido, apesar de saber de sua existência. Ele era mais velho e morava em Belo Horizonte. Por isso, talvez, acabamos crescendo longe um do outro.

— Não vai dançar com a sua garota, Nathan? — perguntou.

— Não sou de dançar.

— Nem eu. E ainda detesto casamentos.

— Por quê?

— Você gosta?

— Acho que são eventos simbolicamente significativos — afirmei, tomando mais um gole de minha água com gás.

— São apenas teatros religiosos preenchidos de promessas vazias — ele disse, virando seu cantil enquanto apertava os olhos.

— Essas são palavras de alguém com coração partido — falei e Henrique expirou de maneira audível.

— E como seria diferente? O amor da minha vida se casa em setembro. E não vai ser comigo — revelou, fazendo um gesto negativo com a cabeça. Certamente já estava bêbado.

— Você ainda tem alguns meses pra mudar isso.

— Ela não merece que eu estrague tudo de novo.

— Talvez ela queira que você *estrague tudo de novo* — falei e ele apenas deu de ombros, tomando mais um gole de sua bebida em seguida.

Comemos e rimos até que os funcionários do local acendessem as luzes e nos colocassem para fora. Mesmo com Ceci e seus comportamentos duvidosos na cabeça, fui capaz de deixar tudo isso em segundo plano e compartilhar da felicidade estonteante da família. Jacó não parava quieto por um segundo, e eu mal o tinha visto durante toda a noite.

Quando o sol começou a dar seus primeiros sinais, voltamos ao chalé. Dalila e eu fomos antes de minha irmã e Ceci, então não tive que lidar com sua presença.

— Sabe o que significa quando se pega o buquê, né? — perguntou Dalila quando já estávamos no quarto, se vangloriando da vitória na guerra pelo conjunto de flores.

— Que você não se importa em passar por cima de outras pessoas para conseguir o que quer?

— Isso é muito mais profundo do que o que eu ia dizer — falou sorrindo —, mas acho que essa resposta é bem apropriada para o Nathan que eu conheço.

Ela sorriu. Nós sabíamos o que significava. E ficou no nosso silêncio a mútua certeza de que não era só o buquê que sinalizava nossa eternidade unida.

— Eu te amo, Dalila!

Ela suspirou. Parecia um alívio. Como boas notícias de cura. Ela já sabia que eu a amava, mas ouvir aquelas palavras pareceu levá-la ao encontro do oceano num dia ensolarado.

— Eu te amo! — repeti.

— Eu sempre te amei, Nathan! — falou, colocando o buquê no parapeito da janela que estava semiaberta para permitir a entrada dos raios solares.

Havia espaço para amar duas pessoas, mas, se eu quisesse que o amor por Dalila crescesse mais, teria que eliminar Ceci de vez. Não seria naquela noite, ou naquele mês, mas eu acreditava que ela sairia eventualmente. Tentei não pensar nas dúvidas que nossa conversa suscitara e deitei-me ao lado de minha futura esposa.

Dormi em poucos minutos. O Oxinidril em dia, e o coração, apaixonado. Porém, a aba de Ceci ainda estava aberta em meu cérebro. Então acabei sonhando com ela.

Não sei quanto tempo depois, ouvi um ranger característico da porta do quarto e passos se seguiram. Virei-me em direção à porta para verificar o que tinha causado tais sons. Ceci estava parada de pé trajada numa camisola semitransparente. O quarto estava um breu, e a luz externa contornava sua silhueta como num teatro de sombras. Poucos detalhes de seu rosto eram visíveis, mas eu sabia que era ela. Era possível ver seu corpo familiar e cabelo nos ombros. Também era possível ver o buquê de Dalila em suas mãos.

— Isso é meu — falou a forma de Ceci. — Você é meu e não vou deixar que se case com ela! — falou e bateu a porta com a força de uma rajada de vento.

Dalila acordou num pulo, e eu me coloquei de pé para ir atrás de Ceci. Aquilo era inaceitável! No entanto, quando abri a porta, não havia ninguém lá. A sala que separava os dois quartos do chalé estava tão vazia quanto se era possível estar.

Eu estava irado pela audácia de Ceci. As coisas não poderiam ficar assim! Sem hesitar, fui em direção ao quarto de Lelia e Ceci na intenção de invadir e fazer todas as perguntas que me atormentavam por anos. Também iria perguntar *que porra ela tinha na cabeça.*

— O que está fazendo? — perguntou Dalila sonolenta à porta de nosso quarto. Eu não podia explicar a situação pontual a ela sem revelar-lhe todo o resto.

— Ouvi um barulho. Vou ver ser as meninas estão bem.

— Mas é claro que estão! É falta de respeito entrar assim. Além do mais, deve ter sido só o vento.

Então voltei ao quarto para os braços de minha amada com uma ira latente. E com mais um motivo para duvidar de minha sanidade.

Meus pensamentos acelerados não me permitiram relaxar. Passei o restante das horas de sono de Dalila cem por cento desperto e nervoso. Aquela tinha sido uma das situações mais bizarras que já experienciara em toda a minha vida patológica. E isso incluía cada uma das minhas alucinações.

O quarto era um breu total, mesmo já sendo dia há várias horas. Mal podia esperar para que Dalila acordasse e eu pudesse sair dali.

Minha noção de tempo era completamente intangível, e as horas pareciam durar muito mais do que sessenta minutos cada.

Quando Dalila se colocou em cima do meu peito, já antecipei um *bom-dia* para que ela não se sentisse tentada a dormir mais.

— Tô com fome — falei e ela esfregou os olhos.

— Tá bem — respondeu, colocando-se sentada na beirada da cama e, poucos segundos depois, abriu as pesadas janelas de madeira que nos isolavam de qualquer raio de luz.

Por mais que eu quisesse estar presente de corpo e mente com Dalila, meus pensamentos eram incontroláveis. Ela estava vivendo o sonho de uma viagem internacional, e eu só queria poder ficar tão feliz quanto ela merecia., mas minha mente sempre foi traiçoeira. Por isso não confiava nela.

Tomei um banho na temperatura mais quente possível para tentar ebulir cada uma das ideias indesejadas. Mesmo com o barulho que meus pensamentos faziam, era possível ouvir Dalila cantarolar enquanto arrumava nossas malas. Nós partiríamos naquela mesma tarde para Berlim, onde ficaríamos mais cinco dias. O trem sairia às cinco, e ela quis garantir que tudo estaria pronto para viajarmos logo após o almoço em família.

— Nathan! — chamou-me. — Você viu onde eu coloquei meu buquê?

Meu coração disparou. Nem a água quente o faria bater mais devagar.

Não sei onde colocou, Dalila, mas sei quem pegou.

— Viu? — perguntou, colocando a cabeça para dentro da cortina do chuveiro.

— Não me lembro — menti.

— Eu devo ter bebido demais e esquecido em algum lugar.

— Ele estava na janela, se lembra? Pode ter caído do lado de fora — sugeri.

Eu pretendia falar de minhas desconfianças com Dalila. Eu queria muito. Mas ainda não podia. Não estava pronto para contar toda a história sem parecer louco. Nem sabia se *estava realmente louco*. Soube ainda menos depois do sumiço do buquê, que meio que comprovava a minha história. Não podia levantar suspeitas ainda.

— Vou olhar quando sairmos.

Seguimos para o mesmo local onde ocorrera a festa de casamento para almoçarmos com toda a família. Havia muitas pessoas porque a família de Evelyn era grande e porque Jacó se sentira no dever de considerar todos os seus convidados do Brasil como família, afinal, haviam cruzado o oceano por ele. Henrique também estava lá.

O barulho de conversa bilíngue era alto, e notei Lelia tentando efusivamente conversar com a irmã da noiva. Ceci não estava por lá. Graças aos céus!

Meus pais ficariam em Hamburgo por mais alguns dias, então agiam despreocupadamente. Eu lembrava vagamente de ouvir minha irmã dizer que precisava voltar ao Brasil logo depois da cerimônia, então ela provavelmente viajaria naquele mesmo dia também.

Almoçamos rapidamente, apesar das inúmeras interrupções para conversar com todo mundo que insistia em fazer perguntas enquanto estávamos com comida na boca. Já eram três e meia quando nos levantamos da mesa para começar as despedidas.

Minha mãe nunca se acostumou a dizer tchau sem chorar. Prometi a ela que passaria minha semana de férias em São Paulo no meio do ano. Meu pai me deu um abraço de urso e piscou, como sempre fazia.

Quando fui me despedir de Lelia, ela estava radiante.

— Eu absolutamente amo esse lugar! Não quero ir embora! — exclamou quando me aproximei.

— Eu não aguentaria mais um irmão morando tão longe — falei com uma expressão forçada de tristeza.

— Se eu me mudar pra cá, você vem junto! — disse batendo palminhas de felicidade.

— E fazer o que aqui?

— Qual é, Nathan! Imagina que legal a gente conhecendo vários países e provando um monte de comida diferente! Eu poderia estudar moda aqui. Abrir minha marca. E você… poderia me ajudar, eu acho — planejou animada.

— Seria incrível, Lelia — falei com sinceridade. — Mas muito longe da realidade.

— Se continuar pensando assim, fica longe mesmo! — respondeu, menos eufórica do que antes.

Eu queria pensar em uma vida onde Lelia e eu ficaríamos juntos para sempre. Se isso fosse uma sugestão dela, não hesitaria em deixar Dalila. Esse sempre foi o meu sonho: viver viajando e comendo com a minha melhor amiga. Por pensar tão parecido com a maneira como eu pensava; por termos gostos e hábitos tão parecidos; por sermos tão parecidos; por sermos tão complementares; sempre achei que afastaríamos todos a nossa volta e, então, sobraríamos só nós dois.

Mas Lelia era legal demais para ser gostada só por mim.

Além disso, ela encontrou Ceci. E eu sabia que, se dependesse dela, nunca deixaria Ceci. Então, não nutria mais esperanças de que esse meu sonho se concretizaria. E não ia tentar fazê-lo se cumprir. Somente se Lelia o quisesse tanto quanto eu.

— Quando vamos nos ver de novo?

— Talvez no Natal — eu disse, fazendo os cálculos mentalmente. — Ou nas férias do meio do ano, se você estiver em São Paulo.

— Vamos tentar nos ver antes, por favor? — pediu e eu fiz que sim em silêncio.

Eu só a veria antes se Ceci não estivesse com ela.

Eu precisava de férias de Ceci. Vê-la de dois em dois meses ainda era demais. Queria afastá-la de qualquer encontro não obrigatório. Devia isso à Dalila. E à minha sanidade.

Lelia me contou que seu voo para Madrid sairia apenas às sete e que só estaria no Brasil no final do dia seguinte. Nos abraçamos, e ela me deu um beijo babado na bochecha — do jeito que sempre fazia porque sabia que me irritava.

Deixei Jacó por último porque sabia que iria chorar e não queria que ninguém me visse assim além de Dalila. Não trocamos muitas palavras. Nossos olhares e braços se comunicavam bem. Ele me agradeceu mais uma vez pelo discurso e prometeu nos visitar o mais breve possível. Os dois pares de olhos que se encaravam estavam marejados porque sabíamos que poderíamos ter uma vida muito mais feliz se morássemos mais perto. Sabíamos que queríamos poder estar juntos por mais tempo, mas nossas escolhas não nos permitiam mais.

O amor costuma tirar certas coisas de nós.

O amor de Jacó por Evelyn o tirou de mim. O amor de Lelia por Ceci a tirou de mim. Tirou ambas de mim.

O amor também me trouxera Dalila. Acho que para compensar o que fizera a mim desde cedo. E precisava ser o suficiente.

Nosso táxi chegou, e o vento gelado secou minhas lágrimas rapidamente. O motorista colocava nossas bagagens no porta-malas quando Dalila me abraçou com força.

— Obrigada por isso — falou com a voz abafada. — Esse meu sonho de viajar o mundo começou aqui. Com você. E é com você que eu quero vivê-lo.

Sorri sem muita emoção. Não conseguia pensar muito em Dalila naquele momento. Estava triste por ver meus dois melhores amigos vivendo vidas tão independentes da minha, e não era com ela que eu queria viajar o mundo. Não desde o começo, mas teria que ser.

Dalila falou algo sobre eu *"ser fofo chorando"*, mas também não respondi. Queria apreciar o conforto do silêncio e ver se conseguiria organizar melhor as ideias agora que ficaria longe de todos. Eu encarava a janela e avistava os amigos de Jacó de longe. Pequenos como bonecos de ação. A neblina se fez ausente naquela ocasião e permitiu, pela primeira vez na viagem, a visualização completa do castelo centenário que foi palco da cerimônia de casamento.

— Esqueci de olhar se o buquê tinha caído do lado de fora da janela — comentou Dalila, mexendo em seu celular.

— Nós vamos nos casar mesmo assim — falei, ainda olhando para o lado de fora.

Senti Dalila sorrindo atrás de mim. Como se eu tivesse acertado a sequência ideal de palavras que ela queria ouvir.

Então, avistei Ceci. Eu não havia me despedido dela. Dalila também não — apesar de ter insistido para que a procurássemos enquanto o táxi não chegava. Ceci estava em uma das sacadas de pedra do castelo. Eu não sabia como tinha chegado lá, mas ela se debruçava sobre a estrutura como se a altura não a assustasse. E me encarava. Como se quisesse me fuzilar. Tinha um ódio incomum nos olhos, eu podia percebê-lo mesmo àquela distância. Podia senti-lo.

Era uma visão tão pitoresca que quase parecia imaginária. Mas, antes que eu pudesse perguntar se Dalila também a estava vendo, Ceci desapareceu. Com a mesma casualidade com que surgiu. Como sempre fazia. Nas verdades. E nas verdades factuais.

Parte nove

O bom filho

Os planos seguiram como esperado. Era Natal, e eu estava de volta a São Paulo. mas muita coisa tinha mudado. E muita coisa estava prestes a mudar.

Dalila e eu decidimos morar juntos. Ela quem havia proposto a ideia. O relacionamento a distância era terrível, e ela não aguentava mais suas companheiras de república. Fiquei de junho a setembro à procura de um emprego que valesse a mudança e permitisse que eu assumisse as contas. Queria que Dalila pudesse estudar e estagiar sem a preocupação de manter uma casa. E, no seu aniversário de 25 anos, em outubro, já comemorávamos em nosso apartamento na Tijuca.

Eu sabia que Dalila não poderia ir para São João del-Rei. Sua faculdade a prenderia ao Rio de Janeiro por mais quatro anos, no mínimo. Era estupidez largar meu emprego, ainda mais depois de ter recebido uma promoção para diretor de redação, mas queria morar com ela mais do que queria coordenar pautas para jornais. Então, fui em busca de algo minimamente digno. Só para não me sentir ainda mais estúpido pela minha decisão.

Após meses de envios de currículo sem resposta, consegui uma vaga de editor, também em uma emissora de televisão local. Eu era um dos sete, mas sabia que acabaria fazendo um pouco de tudo, como no meu emprego anterior. Também sabia que demoraria ainda mais para crescer lá dentro. Isso se ainda tivesse esperança de conquistar algo assim.

Meu cargo na emissora nova era referente a um programa de culinária transmitido às oito da manhã. Ao menos, dessa vez, eu tinha algum interesse pelo tema.

Conheci a família de Dalila antes de me mudar. E por família, eu digo os cinco irmãos, suas respectivas esposas e filhos, uma tia e um tio avô muito idosos. Sua família não era nada unida. O que também levou Dalila a ter que se cuidar sozinha desde a partida de sua mãe. Três de seus irmãos eram mais de vinte anos mais velhos do que ela e não moravam mais na cidade quando a mãe faleceu. Os outros dois ignoraram que tinham uma irmã mais nova e a deixaram para ser devorada pelos leões. Como era de se imaginar, Dalila não gostava muito deles.

A única ajuda que recebeu foi dessa tia que, com o pouco que tinha, deu um jeito de não deixar que Dalila ficasse totalmente desamparada. Tia Nena morreu um dia antes do meu aniversário, em novembro.

Tirando esse acontecimento infeliz, a rotina que estabelecemos era quase perfeita. Não brigávamos nunca, e as tarefas de casa eram bem divididas. Dalila usava muito de seu tempo para estudar e trabalhar e, como uma grande parcela do meu trabalho poderia ser feita de casa, eu assumia a maior parte das tarefas domésticas. Cozinhava e limpava a casa todos os dias da semana, Dalila lavava roupas aos sábados, e fazíamos compras juntos um domingo por mês. O salário era baixo, mas vivíamos bem.

No dia 30 de novembro, meus pais me deram um carro. Por motivo nenhum. Só porque podiam. Eu tinha ido sozinho a São Paulo para vê-los, já que estivera ocupado com o velório da tia Nena no dia 21, dia do meu aniversário. Também não tinha conseguido ver Lelia em setembro para seu aniversário. Parte porque eu estava trabalhando demais — aquela era a minha primeira semana no emprego novo — e parte porque não queria ver Ceci. Então, unimos as duas comemorações no dia 30. Só a nossa *família*.

Depois de levar toda a mobília de São João para o Rio e me instalar no apartamento novo, comecei a buscar um terapeuta. Dalila havia conversado comigo por diversas vezes sobre a importância de iniciar um tratamento nesse sentido. O Dr. Bill obviamente concordava. Então, encontrei Jordana no Instagram e marquei uma consulta. Tive preguiça de continuar a procura e acabei ficando com ela mesmo. Também acabei descobrindo como é fácil mentir para terapeutas.

Eu sabia que aquela não era a melhor opção, mas não queria me abrir com ninguém além de Dalila. Mesmo que ela não devesse ser responsável por me ouvir.

Eu me sentia bem. Me sentia saudável. E, alguns meses depois, até preparado para rever Ceci.

A única manifestação de minha doença que ainda se fazia presente, quase com uma constância diária, eram os objetos que não calavam a boca. Eu os ouvia o dia todo. Falando comigo, me criticando ou jogando verdades — factuais ou não — na minha cara. Era difícil levar os dias com a placidez de quem tem uma mente silenciosa quando se tem pensamentos tão altos. Só o jazz era capaz de cessar as vozes. Dalila sabia disso e não se incomodava tanto com o ritmo tocando, mesmo que baixinho, o tempo inteiro.

Apesar de continuar mentindo e contando verdades não factuais para Jordana, ela sabia do Oxinidril. Também tinha conversado com o Dr. Bill, então acredito que sabia como me ajudar. Eu estava fazendo aquilo porque tinha prometido à Dalila e queria ser bom para ela. Também porque queria deixá-la feliz, e isso acabou deixando meus pais felizes também. Talvez por isso eles tenham me dado um carro.

Um carro que eu não era capaz de manter com o dinheiro que ganhava. Mesmo depois de ter conseguido alugar o apartamento de São João e estar recebendo o valor todo mês. Então, meus pais assumiram as despesas, como se eu ainda fosse um adolescente dependente. Mas não reclamei.

Quando a data natalina se aproximou, minha ansiedade foi a mil, e meu TOC começou a se manifestar novamente após meses adormecido. Fiz minhas mãos sangrarem de novo. Bebi alvejante e quase morri. Sorte que Dalila estava lá para me levar às pressas ao hospital. Mas eu não quero contar sobre esse dia.

Pegamos um voo para São Paulo no dia 23, e eu não consegui me acalmar por nenhum segundo. As dúvidas sobre a veracidade dos acontecimentos voltaram a surgir. Principalmente depois que me vi tão doente a ponto de tomar alvejante. Eu ainda era doente. *E sempre seria.* Mas esse estigma seria menos humilhante se eu recebesse a confirmação de que Ceci nunca tinha sido parte da minha doença. Ou que apenas uma mínima parcela dessa história fora criada pela minha mente defeituosa.

Dalila sabia que eu estava nervoso. Me perguntei se ela sabia o porquê.

Chegamos à casa de meus pais, e ela já estava lá, mas tentei não olhar antes de cumprimentar o restante da minha família. Lelia correu para um abraço e tirou os pés do chão. Sua energia juvenil ainda era a coisa mais linda nela.

Fui em direção à minha mãe, que mexia um caldo de camarão no fogão, e dei um beijo em sua bochecha. Meu pai apenas acenou de dentro de seu escritório enquanto apoiava o celular entre o ombro e a orelha.

E então chegou a vez dela. Ceci. Ela ainda era tão linda quanto sempre foi. Seu corpo parecia ter sido esculpido em mármore, e os olhos tinham uma energia sedutora. Os peitos livres por baixo de um tecido finíssimo que mais revelava do que escondia. As calças largas que camuflavam as coxas roliças. Os pés no chão. Mas era só isso.

Aquela era a primeira vez em que eu a olhava e não sentia absolutamente nada. Nada. Nem ansiedade. Nem desejo. Nem raiva. E nem mesmo amor. Eu ainda a amava. Sabia disso racionalmente. Mas não o sentia da maneira avassaladora de antes. Ela era bonita. Mas isso era apenas uma constatação técnica. Nada além disso.

Minha ansiedade cessou no momento em que eu me vi ausente de sentimentos conturbados e imorais. Tudo que havia em mim era uma curiosidade homérica de saber o quanto aquele ser humano extremamente atraente e confuso havia mexido com a minha cabeça. Até que ponto ela tinha sido responsável pela manifestação da minha loucura.

— Estava com saudades, Nathan — falou Ceci, abrindo os braços. — Sentiu minha falta?

— Tenho andado muito ocupado ultimamente — falei com um tom cortante. Entrei em seus braços com apenas uma parte de meu corpo, envolvendo-a com um dos braços e o tronco relativamente afastado.

— É. Antes você não tomava banho — sussurrou ácida ao meu ouvido.

Está com raiva, Ceci? Por que eu me banho para Dalila como nunca fiz para você?

Dalila já estava bem à vontade com a minha família, então pude me concentrar em assumir o jantar. Minha mãe sentou-se para fazer todas as perguntas quanto surgiam à sua mente. D nem mesmo tinha tempo de responder a uma antes que fosse atingida por outra.

Minutos depois, meu pai surgiu na cozinha se desculpando por ter demorado. *"O chefe estava bravíssimo"*.

Era fácil abafar minhas dúvidas naquele ambiente. A bancada da cozinha dava vista para a enorme mesa de jantar, mas também para a grande janela que possibilitava uma bela vista da cidade. O duplex tinha um pé direito alto, e os vidros se estendiam até o teto. Era esse o motivo, inclusive, de a casa ser tão abarrotada de móveis e quinquilharias. Minha mãe insistia que, "se fosse diferente, haveria muito eco".

Meu pai resgatou um vinil do Tom Jobim e colocou em um volume agradável. Aquela música me lembrava a infância. O cheiro de purê de mandioca também.

Eu estava tão envolvido com a comida e a música que não havia reparado no olhar raivoso de Ceci para a minha mãe. Sua expressão se entortava ainda mais à medida que mamãe prosseguia com seu interesse incessante pela vida da minha namorada. Não consegui segurar uma risada. Foi curta e irônica. Ninguém notou. Só Ceci, que me olhou com mais raiva ainda.

A comida ficou pronta, e eu não poderia estar mais feliz. Ver o olhar de inveja na cara de Ceci, a alegria na de Dalila e a sensação de estar num patamar de superioridade me deixavam estonteantemente satisfeito.

A inveja com que eu sempre a olhara. O desejo por tê-la. Agora estava em seus olhos. Talvez não por uma vontade de me ter, mas por ocupar o lugar que Dalila tinha naquele momento.

Sentamos todos à mesa ao som de *Só tinha de ser com você* e com o aroma palatável nos rondando. Eu sempre fui muito bom na cozinha.

Não houve muita conversa senão pelos comentários entusiastas a respeito da comida. Minha mãe se sentia *"lisonjeada pela parte que cabia a ela"*, mas insistia em dar-me o mérito. E eu aceitava com prazer.

Dalila teve a iniciativa de recolher os pratos, mas Lelia a interrompeu. Tinha uma novidade para nos contar.

— O pai e a mãe já sabem. E eu não queria contar na noite de Natal porque não quero misturar as coisas — falou, olhando majoritariamente para mim. — Mas eu queria contar uma coisa. Vocês sabem que eu me formo em dezembro, certo? — perguntou e todos concordaram em coro. — Então, eu decidi, juntamente com meu amor, Ceci — disse e apontou para ela, que sorria vitoriosa –, que vamos nos mudar para a Alemanha!

Eu congelei. Quase me engasguei com a minha própria saliva.

Minha mãe comemorou a notícia, já conhecida, com palminhas e assovios. Ela buscou apoio em mim, mas não consegui. Meus olhos estavam estáticos em Lelia, mas eu não a via. Minha visão estava turva.

Tive medo de chorar e entregar o quão destruído eu estava por dentro. Não só por ver Lelia partir sem data de retorno, mas por vê-la começar nosso sonho com outra pessoa. Sem mim.

Querendo eu admitir ou não, ainda amava Ceci. Não estava pronto para vê-la se perder no mundo.

— O que vão fazer lá? — perguntei com mais raiva do que intentei.

— Nós… Ceci conseguiu uma bolsa para continuar a faculdade lá. E eu, bem, vou fazer a pós-graduação. Talvez abrir e consolidar minha marca por lá.

— Com que dinheiro vocês acham que vão sobreviver?

— Ceci vende as pinturas na internet, e eu consegui um emprego temporário que é totalmente online, de uma empresa brasileira mesmo. Só até conseguirmos residência e podermos trabalhar legalmente.

Sua segunda resposta era infinitamente menos entusiasmada do que a primeira. Ela viu em mim a tristeza por seu conto de fadas perfeito. Perfeito e inocente.

— Quer dizer que vai ficar lá pra sempre? — perguntei com a voz grossa. Um nó se formava em minha garganta. Tão denso e ardido que a voz quase não saía.

— Não sei, Nathan, mas pretendemos ficar um bom tempo. Por causa do visto, temos que ficar no mínimo dois anos no país, sem sair. E, como eu disse, minha marca de roupas…

— Vocês perderam a cabeça! — falei mais como um murmúrio do que como um protesto.

— As oportunidades no ramo da moda são muito melhores por lá, filho. Vai ser ótimo para sua irmã — disse minha mãe tocando meu ombro.

— A Ceci nem fala alemão! Ela não fala nem inglês! — eu disse, dessa vez, em protesto.

— Você não é o único que merece ser feliz, Nathan! — gritou Ceci, batendo com as duas mãos na mesa e colocando-se de pé. — Se não vai ficar feliz por nós, ao menos não enche a porra do saco! — disse e deixou a sala, batendo a porta do quarto segundos depois.

— Desculpa por ela — falou Lelia, baixinho. — Mas Ceci tem razão, N. É o nosso sonho…

Sim, Lelia. É o nosso sonho.

— ... meu e dela! Ela está fazendo aulas desde junho e até nossa mudança, em fevereiro, tenho certeza de que será o suficiente. Ela passou na prova de proficiência, e vou estar lá para ajudar. Será que você pode ficar feliz por mim? Uma vez na vida que seja?

Não é que eu não estivesse feliz por Lelia. Se ela anunciasse que havia ganhado a oportunidade de estudar na Alemanha, eu gritaria de entusiasmo. Era tudo que eu queria. Que Lelia fosse plenamente feliz. O que me doía era ela querer, e saber que conseguiria, ser feliz tão longe de mim. E realizando o *nosso* sonho com outra pessoa.

Desde que Jacó viajara pela primeira vez, havíamos combinado de que faríamos o mesmo. Conheceríamos o mundo. Juntos. Experimentando a culinária. Conhecendo a cultura. Visitando museus e monumentos. Comentando sobre os hábitos excêntricos. Coisas rebuscadas demais para uma cabeça como a de Ceci — ao menos, era como eu gostava de pensar. Ela seguiria o roteiro, mas com alguém que lhe daria sexo em vez de amizade e reflexões a respeito dos conhecimentos adquiridos.

Pode parecer chato para a maioria, mas não era para mim e Lelia. Nós nos divertíamos criando possibilidades para justificar porque um restaurante cobrava caro demais e porque o outro não oferecia couvert. Porque não usam cominho na Itália e qual era a graça de temperar picanha com alecrim.

Aquela era uma versão para iniciantes do nosso sonho. E nem nela eu estava incluído.

— Claro que eu estou feliz por *você*, Lelia.

Falei e coloquei-me de pé. Entrei em meu antigo quarto e só saí na virada do dia 24 para o dia 25. Dalila me levou comida no quarto. Aquele foi o pior Natal de todos, e eu não quero mais falar sobre ele.

Parte dez

Adeus

Não sei se pelo trabalho excessivo ou se pela ansiedade que o dia 5 de fevereiro guardava para si, mas as festas de fim de ano passaram como se em um flash.

Pela primeira vez na vida, eu havia passado o Ano-Novo em outro lugar que não Angra dos Reis. Minhas memórias lá eram anteriores à dos meus primeiros dias na escola. Não conhecia um mês de janeiro sem o calor praiano e as pedras da varanda de nossa casa.

A cidade do Rio de Janeiro até que proporcionava uma boa festa de virada. Dalila quis ir, e eu a acompanhei. Suportei a multidão suada até as duas da manhã. Então, voltei para casa sem ela. Brigamos por isso. Mas foi algo tão insignificante que já estávamos bem quando fomos cozinhar o almoço no dia seguinte.

Não desejei feliz aniversário à Ceci no dia 2.

Minhas férias de fim de ano não passaram de um recesso de sete dias, o que me fez voltar ao estúdio de gravação e às horas intermináveis na frente do computador logo no dia 5. Eu precisaria continuar nesse ritmo se realmente quisesse alcançar algo maior.

Dalila me convencera disso. *"Eu era novo demais para me acomodar e me bastar com migalhas"*. Então, por ela e por nossas filhas, que não existiam nem em pensamento ainda, eu trabalhava onze horas por dia em seis dias da semana.

E foi em razão desse esforço notável que consegui folga no final de semana do dia 5 de fevereiro. O final de semana que colocaria uma pedra em cima de minha história com Ceci. Ao menos, até alguém ter a curiosidade de olhar embaixo, anos depois.

Dalila e eu voamos até São Paulo no sábado de manhã e decidimos ficar em um hotel. Foi ideia da própria Dalila. Aquilo só me mostrava o quanto ela já me conhecia.

Desejei ser forte o suficiente para ignorar Ceci e passar todas as minhas horas ao lado de Lelia. Queria ter podido ser mais forte e menos doente. Nunca me perdoei por apenas comparecer à festa de despedida e partir no primeiro voo do dia seguinte.

A festa ocorria no apartamento de meus pais, e todo o local estava decorado com as cores da bandeira alemã. Os pais de Ceci também foram e pareciam menos com ela do que eu me lembrava. Após abraçar meus próprios pais, fui cumprimentá-los. Tive de apresentar Dalila a eles, e meus pensamentos me traíam a todo momento. Era como apresentar a amante aos sogros.

É claro que passei bons minutos ouvindo todos os planos de Lelia para os anos vindouros. O brilho em seus olhos quase fazia aquela visita valer a pena.

Eu tinha ido, única e exclusivamente, para vê-la pela última vez. Ainda não estava bem para coexistir com Ceci, mas precisava dizer adeus à Lelia. Mesmo que ainda não soubesse como lidar com o fato de que ela passaria a morar a milhares de quilômetros de mim.

A vida não tinha me preparado para isso, e as semanas que separaram a primeira vez em que eu soube da mudança e o dia 5 de fevereiro não foram suficientes. O pensamento de que eu deveria ser a pessoa a estar viajando não abandonava a minha mente. Em qualquer que fosse a circunstância. Para acompanhar Lelia. Ou para acompanhar Ceci.

Eu não havia deixado de amá-la. Era um amor diferente, mas ainda era amor. Eu sentia raiva por não conseguir simplesmente lavá-la ralo abaixo como fazia com as coisas que me faziam sentir imundo.

"Eu me vejo um pouco em você", disse em algum dia de janeiro, antes de Lelia e ela estarem juntas.

"Eu duvido muito, Ceci. Não temos nada em comum."

"Na teoria, não mesmo. Mas lidamos com as coisas com uma intensidade muito semelhante. Vemos o mundo da mesma maneira."

"Você tem tudo que o mundo quer ver, Ceci. O mesmo mundo que não me enxerga."

"Esse tipo de resposta. É disso que eu tô falando. Uma poesia que minha mente tenta formular, mas não consegue!"

Eu lembro de ter pensado que *não, ela não iria querer ouvir as poesias entoadas por uma mente tão doente.*

"Ela não abraça ninguém como te abraça, Nathan", disse sua mãe no mesmo janeiro. "Ela confia em você."

"Eu também confio nela."

— Tudo bem aí, amor? — perguntou Dalila, aproximando-se de mim na mesa de petiscos.

— Não consigo decidir o que comer — menti.

— Tem enroladinho de presunto e queijo — falou apontando. — Sei que você gosta.

— Já comi desses.

— Nathan… — falou em sussurro. — Sei que não é fácil pra você. Tudo isso. Mas não dê a ela o gosto de te ver pra baixo. Você está vivendo sua vida e ela a dela. Deixe isso claro.

Não sabia sobre qual *ela* Dalila falava, mas estava certa. Mesmo que fosse em relação à Lelia. Eu não podia agir como o irmão desequilibrado para sempre. Merecia uma vida minimamente digna. E, para isso, seria necessário aposentar todo aquele sentimento. De inveja. De desejo. De amor — ou tudo isso misturado. Precisaria ficar abafado até que morresse em anoxia.

— Acho que não falei com você ainda — disse, aproximando-me de Ceci. Eu sentia o suor descer por minhas costas.

— Achei que nem iria.

— Por quê?

— Porque você age desse jeito estranho comigo há tempo demais para não ser exatamente o que espero todas as vezes.

— Eu ajo de maneira perfeitamente normal — respondi, tentando manter o tom de voz inalterado.

— Você é o único que acha — respondeu com as sobrancelhas arqueadas. — E eu cansei de tentar entender o motivo. Cansei de tentar resolver e criar qualquer tipo de amizade entre a gente. Por mais que, na verdade, ela ainda exista em algum lugar no espaço-tempo.

— Lelia fez um bom trabalho com você. Está até falando de espaço-tempo — respondi irônico, como sempre fazia quando tentava escapar de algum assunto.

— Nathan, eu não sou burra. Você sabe disso. Sou tão inteligente quanto você. Você só não quer que eu seja. Sei lá por quê. Mas foi isso que nos uniu. Há anos atrás. Era sobre essas coisas, que você diz serem tão labirínticas para mim, que nós conversávamos. Não sei o que te fez esquecer disso. Só sei que age como se eu fosse uma coitada estúpida. Como se Lelia fosse uma mentora. Puff! Até parece que você não conhece a sua irmã! Acha que ela namoraria alguém tão ignorante quanto você me julga ser? — bufou.

Eu não posso admitir que você é genial e que eu sempre estive apaixonado por você, Ceci. Seria demais.

— Mas sinceramente? Tanto faz. Porque eu e ela vamos viver nosso sonho, e você vai ficar para viver os seus. Só quero deixar essa rixa que criou para trás.

— Eu nunca namoraria você, Ceci — falei. Como se num pranto de alma. Como se eu quisesse dizer exatamente ao contrário. Ela me olhou com a expressão confusa porque, de fato, minha constatação não tinha lugar naquele diálogo. — Não suportaria alguém que pensa ser o centro do universo. Não é tudo sobre você, Ceci! Eu não te trato diferente. Porque você *não é* diferente. Não tem nada de especial a seu respeito. Não para mim. Eu te trato exatamente como trataria qualquer pessoa que Lelia decidisse namorar.

Mentiras, mentiras, mentiras.

— Eu não perguntei nada disso — falou, com os olhos marejados numa mistura de raiva e decepção.

— Não precisou. Se você quer deixar essa rixa para trás, uma rixa que só existe na sua cabeça, tem que começar desistindo dessa sua síndrome de protagonista.

— De que merda você tá falando, Nathan? Eu só quero que as coisas fiquem bem. Não consegue pensar como uma pessoa normal nem por um segundo? — Algumas lágrimas tinham escorrido, mas a expressão em seu rosto era de ira.

Eu não conseguiria, por mais força que fizesse, ser normal. Bem como não conseguia vê-la chorar. Não podia ser responsável por aquilo.

— Estou feliz por vocês duas. Espero que aproveitem muito — falei, puxando-a para um abraço inesperado. Por mim e por ela.

— Obrigada — disse numa voz abafada. — Vou sentir sua falta.

— Mentira.

— Eu sinto sua falta desde a última vez que falou você comigo direito. Sinto falta do meu Nathan. *O meu* — falou e senti que o local no meu braço que estava em contato com sua bochecha começava a umedecer.

De certa forma, ainda sou seu, Ceci. Em algum lugar no espaço-tempo.

— Não sou eu que estou indo embora.

— Você foi embora há muito tempo. E aquela garota tá te levando pra mais longe ainda — disse e saiu sem me olhar nos olhos.

Eu não consegui lidar com aquilo. Queria respostas. Respostas claras. Os enigmas de Ceci só serviam para atrasar meu progresso. Dalila via isso. Mas também via que amputar de uma vez o membro doente doeria demais. Ele precisava ser removido aos poucos.

Despedi-me apressadamente de minha irmã, desejando-lhe as melhores coisas do mundo. Minha dor nunca foi por ela não merecer. Então, deixamos o apartamento sem olhar para trás. Sair daquele ambiente foi como assistir à terra ser jogada por cima de um caixão. O local que a pulseira ocupava em meu pulso queimava, como se em consciência de que um laço estava sendo desfeito para nunca mais se reconstituir.

O silêncio amarrou minha garganta por horas. Eu não respondia às perguntas de Dalila. Não conseguia. Também não consegui dormir.

Nosso voo de volta para o Rio era às oito da manhã, e meus pensamentos acelerados não me permitiram descansar até que estivéssemos dentro do avião.

No aeroporto, pensei ter avistado Ceci. Ela corria em minha direção, pulando a barreira do check-in. Implorava para que eu ficasse. Que eu não escolhesse Dalila. Que fosse com ela para a Alemanha. Mas Ceci desapareceu na multidão. E aquela foi a última vez que a vi de verdade.

Não factual.

Parte onze

Noite dos mortos-vivos

Fazia dois anos desde a última vez que eu vira Ceci. E aquele seria o primeiro dia, desde que tudo tinha mudado completamente, em que eu a olharia nos olhos novamente.

A vida era outra. Eu tinha sido promovido no trabalho e, agora, ganhava o suficiente para fazer uma festa que valesse a viagem de Lelia, Ceci, Jacó e Evelyn para o Brasil.

Um ano antes do evento, levei Dalila para o Chile. Pedi sua mão em casamento no Valle Nevado, e ela nem conseguiu chorar de tanta emoção. Aceitou sem pensar duas vezes. Ficamos noivos apenas pelo tempo necessário para organizar a cerimônia.

Confesso que, quando a pedi, não era necessariamente porque *queria* passar o resto da minha vida ao seu lado, mas porque eu *sentia* que *deveria*. Aquela mulher passou a me conhecer melhor do que eu conhecia a mim mesmo. Era capaz de prever minhas crises e sempre sabia a sequência exata de palavras para trazer minha cabeça de volta ao lugar. Sabia as coisas que eu gostava e as que eu não suportava — talvez por isso nunca mais tenha me pedido para acompanhá-la a uma festa cheia de gente. Também porque eu não queria ter que recomeçar com ninguém. Não queria ter que fazer tudo aquilo de novo.

Também não queria ficar refém da solidão de minha própria companhia.

Não confiava em mim mesmo sozinho. Por mais que nada de grave tivesse acontecido, eu meio que atribuía minha estabilidade à presença constante de Dalila. Dalila era saúde. Ceci era doença. E eu tinha medo de que, se Dalila partisse, Ceci retornasse.

Dalila até fez com que eu me tonasse disciplinado o suficiente para não precisar tomar o Oxinidril todos os dias da semana. Também para ser elogiado pela terapeuta. E ser cotado pelo Dr. Bill para a troca da minha medicação por uma mais branda.

Tinha isso tudo. E já morávamos juntos. O casamento seria apenas um contrato formal de que eu não queria, nem conseguiria, viver de maneira diferente daquela.

Mas é claro que não foi isso que eu disse.

Usei minha habilidade com as palavras para encantá-la. Falei coisas tão lindas que nem sabia ser capaz de imaginar. Eu não as sentia. Não porque não queria sentir, mas porque não sabia senti-las. No discurso, porém, pareceram ser verdade, e Dalila acreditava nessa verdade. Afinal, ela aceitou cada uma delas. Aceitou também o pedido.

Naquele 12 de abril, a abastada festa seria cenário da repartição oficial da minha vida. Dalila havia planejado tudo à sua forma. Eu não quis intervir. Queria que tudo ocorresse conforme o sonho dela.

Lelia e Jacó comemoraram a vinda para o Brasil mais do que eu esperava. Ficaram tão felizes com a notícia que sequer me deixaram pagar por suas passagens. Convidei-os para serem meus padrinhos e arranquei lágrimas — como se eu tivesse mais alguém para chamar e escolhê-los fosse um privilégio.

O casamento seria intimista, mas luxuoso. A maioria dos meus convidados eram da família, e a maioria dos convidados de Dalila eram amigos. Eu não tinha amigos, e Dalila não tinha família. Minha família era a família de Dalila, e os amigos de Dalila eram os meus amigos. Apenas alguns poucos do trabalho foram incluídos na lista, afinal, depois que me foi encarregado um posto de maior autoridade, não sentia mais a necessidade de agradar a todos da empresa.

É claro que a própria cerimônia me aterrorizava. Ser parte do centro das atenções, me aliançar publicamente e eternamente a uma pessoa. Declarar amor perpétuo. Prometer que amaria a mesma mulher todos os dias. E eu não estava falando de Ceci.

Apesar de ter ficado dois anos sem vê-la e recebendo notícias apenas por Lelia e suas redes sociais, eu ainda a amava. Era um amor do mundo das ideias e muito menos palpável do que jamais tinha sido. Mas ainda era amor.

Por isso, encará-la novamente me aterrorizava.

Eu tinha medo de que o amor voltasse a se tornar visível. Que voltasse a se proliferar como uma neoplasia. Que bastasse vê-la, tocá-la ou senti-la para que o castelo de cartas desmoronasse novamente. E, mesmo sabendo que não poderia fazer aquilo com Dalila, porque ela não merecia menos do que o melhor de mim, eu tinha medo do que a minha irracionalidade seria capaz — principalmente pela prescrição médica de apenas três comprimidos de Oxinidril por semana.

A cerimônia aconteceria em Angra dos Reis. Por mais irônico que soasse, a cidade também tinha sido palco do meu primeiro encontro com Dalila, e foi uma escolha dela. Não tive outra opção.

Aquela cidade carregava mais lembranças de Ceci do que qualquer outra coisa. O destino ria da bagunça que tinha feito. O lugar que tinha a digital de Ceci sediaria meu casamento, e eu nem estava me casando com ela.

Ao menos não seria em nossa casa de praia.

Apenas os convidados de fora do país e meus pais ficariam nela. Dalila e eu havíamos alugado uma casa em uma praia particular. A festa e cerimônia aconteceriam em uma ilha de nome *Koi no Yokan*. Bancos e altar na areia. Mesas e pista de dança num deque. Do jeitinho de Dalila.

Um chalé ficou à nossa disposição, os noivos, para que nos arrumássemos. Afinal, seria imprudente vir de barco até a ilha já trajado em meu terno de casamento, ou pior, Dalila em seu vestido de seda branca e maquiagem perfeita. A maresia estragaria tudo antes que chegássemos ao local.

Eu estava com Jacó em meu quarto no chalé quando vi Ceci e Lelia pela janela. Era uma sensação estranha. Sua presença era intangível, mesmo que estivessem apenas a alguns metros de distância. As duas ensaiavam a entrada pelo tapete principal em meio a risadas, e algo nisso era extremamente magnético. Eu não conseguia parar de encará-las.

Ainda não tinha falado com nenhuma das duas, nem sabia se queria. Mesmo depois de dois anos. Mesmo que fosse um dia em que absolutamente todo mundo iria querer falar comigo.

Da mesma janela, também via meus pais, bem atrás de todos os convidados, ainda assentados. Meus avós maternos e minha avó paterna conjecturando sobre o arranjo de flores. Meu primo Henrique — que deixara de ser *o primo distante* quando passou a morar com Jacó em 2018 — roubando docinhos da mesa do bolo. Alguns amigos de Evelyn que vieram para conhecer Angra dos Reis e que Dalila insistira que *"tudo bem se eles comparecessem"* — seríamos apresentados mais tarde: Ester, suas filhas Alexia e Cheryl, Brandon, Alistair e Andessa.

Embora houvesse inúmeros distrativos, minha atenção se voltava continuamente para Ceci. Seu vestidinho verde hortelã e suas sandálias de tira prateada. Usava um arco de flores — assim como todas as madrinhas — que parecia coroar e emoldurar perfeitamente seu rosto. O cabelo estava quase na cintura, e alguns resquícios da descoloração anterior ainda moravam nas pontas. Os tons pastéis das pétalas destacavam o esmeralda de seus olhos. Por mais que eu não fosse capaz de identificar esses detalhes específicos à distância, conseguia imaginá-los. Imaginava o calor de seu sorriso e o rosa de suas bochechas. O macio de um abraço de despedida e o doce do beijo há tempos esquecido.

— Você a ama, não é? — perguntou-me a voz feminina impermeável. Não sabia há quanto tempo eu estava grudado à janela, mas provavelmente o suficiente para que a noiva adentrasse o quarto para me apressar.

Dalila usava o vestido branco de seda. Parecia uma peça de apenas um corte moldado em seu corpo. Cabia-lhe como uma luva. Destacava suas curvas e emoldurava os seios num decote chamativo. Uma fenda discreta deixava sua perna à mostra. O contraste de sua pele negra com o brilho perolado do vestido era uma manifestação onírica. A simplicidade da mente humana seria incapaz de criar algo como Dalila naquele momento. Seus fios texturizados assentavam-se sobre sua cabeça como uma coroa. Nunca fui tão grato por ela não querer usar véu. Nada deveria ousar cobrir a beleza de seus cabelos naturais.

Sua magnitude me roubou a consciência por alguns segundos, até eu me dar conta de que não deveria estar vendo a noiva.

— O que tá fazendo? — falei cobrindo os olhos. — Dá azar ver a noiva vestida antes do casamento.

— Responda à minha pergunta — insistiu.

Eu estava tão impactado com a sua aparência que não havia considerado o peso de seu questionamento. Minha garganta secou, e senti meu estômago revirar.

— Do que está falando, Dalila? — perguntei, torcendo para que ela não estivesse se referindo à Ceci. Aquele era o pior cenário no qual eu poderia tentar contar-lhe toda a história.

— Você a ama, Nathan? Você ama a Ceci?

Eu não sabia o que dizer. Não mentiria para a minha esposa. Não mentiria para Dalila. Ela saberia se eu tentasse, mas também não podia estragar o dia com uma declaração daquelas.

Eu tinha feito uma promessa a mim mesmo de que, se um da Dalila me perguntasse, eu contaria a verdade sobre Ceci. Pelo simples fato de que ela merecia isso. Também porque seria libertador finalmente verbalizar o que sempre ficara obscuro.

— ME RESPONDA! Eu exijo! — exclamou com extrema firmeza.

— SIM, DALILA! — respondi no mesmo tom de voz. Como se em reflexo à sua insistência. — Eu a amo. Sempre amei.

Dalila respirou fundo. Não com ira. Não com revolta. Mas com alívio. Como se já esperasse aquelas palavras.

— Você sabe que não vai poder ficar com ela, não sabe? — perguntou calmamente.

— Sei. Sei disso. Isso não quer dizer que eu não a ame — disse meio sem pensar.

Queria fechar os olhos e estar em outro lugar. Ou no mesmo lugar, em outro tempo. Não queria ter que viver aquilo — assim como não quis retirar a pulseira roxa mais cedo e a escondi debaixo da camisa.

— E você quer se casar comigo mesmo assim? — perguntou, sem muito entusiasmo.

— Sim. É tudo que eu quero.

— E você meio que... me ama... *também*?

— Eu te amo, Dalila. Só isso importa. Amar Ceci não muda o que eu sinto por você — falei com sinceridade. Era verdade factual.

— Acho que posso viver com isso — disse, respirando fundo após alguns segundos. — A gente não escolhe quem ama, né?

— Você sabia?

— Eu te conheço melhor do que você imagina, Nathan — respondeu com um sorriso leve. — Agora termine o nó de gravata e esconda melhor essa fita roxa no seu braço. A cerimônia começa em vinte minutos.

Nathan disse sim. Não George Antônimo. Não Lincoln. Não o Nathan de Ceci. Apenas eu. Nathan. Em minha maior essência.

Dissemos sim com o mesmo brilho nos olhos com que nos olhávamos todos os dias pelas manhãs. Dissemos sim com a certeza de um futuro em que seríamos protagonistas. Um futuro não assombrado pelo fantasma de Ceci, mas com a cicatriz de um amor nunca finalizado. Ela estaria lá. Talvez me visitando em sonhos e memórias, mas nunca perturbaria Dalila. Eu garantiria isso.

Os cumprimentos, após a saída dos noivos e o fim da cerimônia, foram exaustivos. Eram muito mais pessoas do que eu me lembrava ter visto na lista. Lelia pulou em meu pescoço com saudade e orgulho. Até aquele momento, eu não tinha conversado com ela.

— Não acredito que meu irmão agora é um homem casado! — disse, me dando um soco no ombro.

— Agora não tem mais volta — falei.

— Sorte a sua! Conseguiu uma mulher e tanto!

— Sorte a minha mesmo.

— Tô muito orgulhosa de você. Em relação a tudo. E senti muita saudade!

Eu nunca sabia responder à altura nesses momentos. Então apenas sorri, e uma lágrima escorreu sem que eu quisesse.

"Você nunca me deu tanto orgulho, irmão", disse Jacó mais cedo naquele dia, e eu também chorei.

Dar orgulho às duas pessoas que eu mais admirava, em quem eu mais me espelhava, quem eu mais gostaria de ser. Era ainda maior que a conquista em si.

Também me arrependo de não ter passado mais tempo com Lelia naquele dia, por mais que à época não fizesse sentido. Por mais que eu ainda não soubesse que nos restava tão pouco tempo juntos.

Então chegou a vez de Ceci. Abraçou Dalila primeiro e era toda sorrisos. Minha esposa retribuiu cada um deles. Ceci me abraçou antes de me olhar nos olhos. Provavelmente porque não conseguiu fazê-lo. Depois, passou direto, sem dizer uma palavra. Não a vi mais naquela noite. Anos mais tarde, eu descobriria que ela havia voltado sozinha para a sua casa em Angra e chorado a noite toda por motivos que nunca contou a ninguém.

Como qualquer festa em que se é o objeto a ser celebrado, as horas passaram voando. Eu só tenho certeza de que tudo aconteceu porque a equipe de fotografia registrou cada detalhe.

Estávamos exaustos quando chegamos **à casa alugada**. Havia champagne e uma cesta de frutas no quarto, mas não tínhamos energia nem para abrir a garrafa. Dalila apagou na cama *king size* com a lingerie branca que usava por baixo do vestido de noiva, bêbada e cheia de grampos no cabelo.

Nenhum de nós tinha esperança de transar naquela noite, por mais que fosse a tradição. Queríamos que nosso primeiro sexo como marido e mulher fosse especial e, no mínimo, sóbrio — estado no qual nem eu, nem ela, estávamos. Sim. Dalila me dera permissão para beber naquela noite. E eu sempre fui fraco para bebida.

Fiquei ainda mais grato por Dalila estar dormindo quando encontrei um papel no bolso externo do meu paletó.

"Sempre pensei que eu seria a pessoa com quem você se casaria. E sei que parte do motivo de isso não ter acontecido é culpa minha. Mas algo em mim sempre teve esperança de que você lutaria por nós.

Me perdoe. Por tudo. Com o amor de sempre, Ceci."

Fiquei irado pela audácia. Queria sacudi-la em indignação e perguntar *que merda era aquela*, mas não podia mais dar-lhe esse palco. Eu era casado. Tinha uma esposa. Ela deveria ser a única mulher com quem eu me importava de verdade.

Não me passou um fragmento de pensamento de arrependimento sequer. Apenas ódio pela falta de coragem de Ceci. Pela possibilidade que ela quis criar no dia mais importante da minha vida. Pela dúvida e discórdia que quis plantar.

Eu não podia permitir.

Dei descarga no bilhete após lê-lo pela quinta vez. Apagando toda evidência de seu intento covarde. Toda prova de que minha loucura não era tão louca assim.

Bom, ao menos, é assim que eu me lembro. Porque no outro dia, pela manhã, eu não teria tanta certeza de que esse bilhete realmente existiu. E teria ainda menos certeza com o passar dos anos.

Parte doze

Ciclos

Algum tempo separava o dia em que me despedi de Lelia após o meu casamento do dia em que me despedi de Lelia pela última vez. Para ser exato, um tempo de cinco anos. E o período que me levou aos 30 anos trouxe mais do que crises existenciais.

Três anos depois de sua partida do Brasil, Lelia e eu fizemos um tour pela Europa juntos. A viagem trouxe aquele gostinho agridoce de realização de sonho. Mesmo que não fosse *exatamente* o que planejávamos quando mais novos. Acho que a vida deu um jeito de me ensinar, e aquela seria apenas uma de suas tentativas, que, por mais reais que fossem meus pensamentos e vontades, eles sempre tendiam ao onírico.

Fiquei fora por um mês e meio experimentando as melhores comidas. E com a melhor companhia: a melhor amiga.

Lelia não usava mais a pulseira da amizade. Então acabei tirando a minha também. Eu lembro de pensar *"estou velho demais para esse tipo de coisa, de qualquer forma"*.

"Você acha que isso que tá tocando é *djent*?", Lelia perguntou.

"Bom, está uma bagunça. Então, provavelmente sim", respondi quando passávamos por um restaurante temático na Toscana.

"Que tempero usaram aqui?", desafiei-a.

"Parece tomilho", respondeu Lelia com certa insegurança e muita expectativa em minha resposta.

"*Shame on you*, irmãzinha."

"Que merda! O que é?", quis saber, depois de socar a mesa em indignação e fazer os talheres tilintarem.

"Zatar. Vou ter que admitir que o sabor é parecido, mas você não usaria tomilho para marinar carne. Não num restaurante desses."

Os dias com Lelia passeando de uma cidade para outra só confirmaram o que eu já sabia: éramos almas gêmeas. Não existe termo que defina melhor. O espelho um do outro. As arestas cresciam para lados diferentes, mas eram complementares.

Não costumam ensinar isso nos filmes. Também não cantam sobre isso nas músicas. Sobre encontrar sua alma gêmea em alguém sem qualquer interesse romântico. Sobre estar tão conectado a alguém que as palavras se fazem desnecessárias, e o silêncio é um conforto. E, ainda assim, ter o mesmo sangue circulante.

Lelia e eu costumávamos nos gabar, quando mais novos, por não precisarmos fazer pacto de sangue um com o outro. Enquanto nossos colegas cortavam as palmas e apertavam as mãos em seguida, nós nos vangloriávamos por termos o *mesmo sangue*. Por todo o corpo. Por mais que isso não seja bem verdade, é o que a expressão dá a entender. Ainda mais para uma criança. Era o tipo de pensamento racional não divertido de se ter. Um conhecimento que decidimos ignorar.

A viagem serviu para que lembrássemos que o laço que nos unia era eterno. Mas eu não sabia que a eternidade seria tão finita para Lelia. Também não sabia que o abraço de despedida antes do meu embarque de volta para o Brasil seria o último composto por mim e minha irmã. Era o *nosso* último abraço. A última vez que veria seus olhos brilhando em vida.

Ali, diante de seu caixão aberto, via seu rosto sem viço. Sem cor. A boca pálida disfarçada com um batom rosa que ela nunca usaria em vida. Um terninho preto que comprara em nossa passagem por Milão. Na mão direita, seu anel de noivado. Minha irmã. E noiva de Ceci.

Seu corpo fora mandado de volta ao Brasil após a autópsia na Alemanha, cerca de uma semana depois do acidente que tirou sua vida. Bastou uma garrafa de Vodka e um motorista irresponsável para enterrar um mar de sonhos. Sonhos que iam além da própria Lelia. O assassino fugiu e largou o carro capotado no acostamento. Ele viveria uma vida longa e cirrótica, nos fadando a uma vida sem Lelia.

Os médicos não quiseram me dizer, mas eu tinha lido no relatório da polícia — assim que cheguei à Alemanha e fui incumbido de resolver as questões burocráticas — que, se o culpado pela colisão do caminhão no carro de Lelia tivesse prestado socorro, haveria grandes chances de ela sobreviver. Sabiam que ele estava bêbado pela maneira como dirigia pela rodovia registrada nas câmeras. Mas continuavam sem suspeito.

A responsabilidade de resolver cada detalhe do transporte e enterro tinha caído sobre minhas mãos. Ceci estava em estado de choque, sem falar ou comer por dois dias. Meus pais se encontravam em condições ainda piores. Jacó e Evelyn haviam se mudado um ano antes para a Noruega, onde tiveram Maya. Por maior que fosse a ironia, o membro mais instável era quem estava cuidando de todos.

Tive de resolver tudo sozinho e me virar com o mínimo de alemão que Lelia me ensinara ao longo dos anos. Dalila não pôde me acompanhar na viagem, estava grávida demais para isso. Eu estava em remissão fazia apenas dois meses, mas tive que voltar a tomar minha medicação anterior, o Adalnilox. Apesar de ele ter sido capaz de manter minha cabeça no lugar pelo período de transição até o enterro, já sentia que o Oxinidril ia ter que voltar. Podia ver o antigo Nathan subindo por minhas entranhas e fincando suas garras. Senti isso principalmente depois que vi Ceci.

Quando recebi as notícias, por uma ligação da sócia de Lelia, tive um episódio como nunca antes. Acordei o prédio com os berros de horror. Quase podia sentir minhas vísceras sangrarem. Preferiria que esse fosse o motivo da dor.

Gritei até ficar sem voz e as cordas vocais arderem. Rasguei a pele do peito com as unhas. Não sabia lidar com aquilo. Nem no estado mais saudável da minha vida, eu seria capaz de aceitar a perda definitiva de Lelia. Era como ter um órgão arrancado sem anestesia e com os neurotransmissores trabalhando a todo vapor. Eu precisava de morfina no peito. No coração. Na cara. Na língua. Até que aquilo cessasse.

Por alguns minutos, cheguei a pensar que morreria. Senti meus batimentos se elevarem num nível que certamente findariam num eventual colapso. Foi a visão de Dalila e sua barriga de oito meses e meio que me trouxe de volta à racionalidade. Eu ainda tinha um compromisso com outra parte minha. E com outra que era literalmente parte minha. Talvez fosse uma forma sádica do universo de me mostrar que eu nunca poderia amar mais de três mulheres ao mesmo tempo. Porque eu já amava a pequena vida que crescia em Dalila e que também viria a se chamar Lelia.

Apesar de toda dor, que se tornou física, do dia em que eu soube que a chama de minha alma gêmea se apagara, fui obrigado a passar por cima dela. Por minha mãe. Por meu pai. Por Ceci — ninguém sofreu tanto quanto Ceci.

Ela estava irreconhecível quando fui buscá-la para que pudéssemos pegar o voo para o Brasil. E não só porque fazia cinco anos que não a via, mas também porque a tristeza passou a ser um traço em seu rosto. Os olhos fundos e escuros. O verde mais parecia um pântano. Seus cabelos caíam com mais frequência que suas lágrimas e, o que restava colado à cabeça, era um só nó. A pele parecia implorar por quinze minutos sem umidade, mas Ceci não conseguia. As unhas roídas até o sabugo. Sangravam. Ela tinha cheiro de perda.

Não trocamos uma palavra sequer durante todas as horas até o Brasil. Era como se eu não estivesse ali. Sua dor quase escorria junto ao suor.

Ceci se recusara a ficar no apartamento de meus pais em São Paulo, mas eu tinha medo de deixá-la sozinha. Medo do que ela faria se ninguém estivesse por perto. Do que eu faria se ninguém estivesse por perto. Então, ficamos no mesmo hotel, em quartos geminados e divididos por uma porta.

Dalila chegaria naquele mesmo dia na parte da noite, mas eu meio que não queria que ela chegasse ainda. Eu via que aquela era a maior oportunidade de me conectar com Ceci. Ela era o único pedaço de Lelia que me restava, e podíamos nos unir em nossas dores. Ambos havíamos perdido a pessoa mais importante de nossas vidas. Ambos havíamos perdido nossas almas gêmeas.

Não me leve a mal. Não queria dar em cima dela. Não queria nada nem perto do sexual. Soube disso antes mesmo de colocar os olhos nela. Quando o fiz, reconheci. Reconheci o amor. Na sua forma híbrida que ainda morava ali dentro de mim. Uma vontade de cuidar de Ceci que nunca morreu. Nunca.

Um amor que ia além da vida.

E da morte.

Bati na porta que nos separava para verificar se ela havia comido seu jantar. O silêncio ainda nos separava e parecia mais intransponível que a própria parede.

— Ceci — falei com a voz embargada. Um nó começava a se formar em minha garganta. — Eu também perdi a Lelia.

A porta se abriu, e Ceci se lançou nos meus braços. Estava gelada como se tivesse tomando vento a noite toda. Seu corpo estava mais macio desde nosso último abraço, e seu cabelo não cheirava mais à baunilha. Tínhamos mudado muito.

— Sinto muito, Nathan — foram suas primeiras palavras em dias. Apertou-me mais forte.

Eu tinha medo de já estar esquecendo como é ser abraçado por você, Ceci.

— Sinto muito, Ceci — respondi sem soltá-la e molhando um de seus ombros.

— Eu perdi tudo — disse, quase como se admitisse um erro. Como se tivesse acabado de fazer aquela descoberta.

— Eu também.

— Não, Nathan — soltou-me em indignação. — Você tem uma família. Vai ter uma filha. Lelia era minha família. Era meu tudo. E eu a perdi. Perdi minha família. Perdi você. Perdi tudo.

Disse e caiu de joelhos. Por fraqueza física e de espírito. Segurei-a antes que o restante de seu corpo terminasse de atingir o chão. Envolvi-a como uma ostra que guarda sua pérola. Em uma tentativa de proteção imunológica a um agente invasor. Ceci viraria pérola. Rara de encontrar. Eternamente valiosa.

E foi assim que Dalila nos encontrou, cinco horas depois. Ceci encolhida dentro de meu corpo adormecida pelo cansaço, enquanto eu apoiava as costas no umbral da porta que separava, ou unia, os quartos. Também adormecido.

Dalila pegou outro quarto.

Na manhã seguinte, dividimos o mesmo carro para o cemitério. Eu tive de aprovar a roupa e maquiagem antes que levassem o caixão para a sala onde as pessoas o veriam. Tive de ter a frieza de dizer que *sim, a cobertura dos ferimentos no crânio ficou bem feita. Realmente, não dá para perceber que ele foi parcialmente esmagado. Não, não dá para notar que um dos olhos foi substituído por um de vidro, já que o original foi destruído na cena do acidente. Sim, ela será enterrada de terno mesmo. É, ela odiava vestidos. Não usava um há anos. Não, não quero tirar fotos. Não, também não precisa fazer* babyliss *no cabelo.*

Eu tinha medo de como Ceci reagiria quando a visse. Porque era Lelia, mas também não era mais. Por mais talentoso que fosse o maquiador, sabíamos que aquele não era exatamente o formato de rosto dela. Mas era o preço a se pagar por exigir um velório com caixão aberto.

Vi Ceci receber um pacote na porta do salão e chorar sobre ele. Minha mãe chegou numa cadeira de rodas, e meu pai a empurrava com o olhar caído. Seu sorriso amarelo se escondia nas sombras do luto.

Jacó chegou logo depois acompanhado de Evelyn e Maya. A criança mal conheceu a tia. Maya nunca saberia como era cozinhar com Lelia, viajar com Lelia, estar com Lelia. Era apenas uma criança. Não sabia a dimensão daquilo tudo.

Mas eu sabia. E isso matava uma parte cada vez maior de mim.

Então Ceci se aproximou do caixão. Olhou. Cobriu a boca. Pareceu faltar-lhe ar nos pulmões. Apoiou-se na estrutura amadeirada para não cair. Tampou os olhos. Ela também não queria acreditar. Também não queria ver.

Naquele segundo, eu quis poder alucinar que Lelia estava ali. Rindo de sua maquiagem e de seu rosto torto. Ela certamente falaria sobre ser um pirata com o olho de vidro. "*Argh*", diria.

Quis dar esse dom à Ceci. Para que, por um último segundo, ela conseguisse visualizar um sorriso radiante nos lábios sem vida de seu amor. Senti falta da doença e da insanidade. Ao menos, não tinha que lidar com a dor de ter uma cabeça minimamente equilibrada e capaz de perceber as nuances da perversa verdade factual.

Porém, eu não pude, e cada arranhão dissonante de seu murmúrio me doía os ossos. Todos a observavam. Ninguém conseguiria dimensionar seu lamento ou ousaria se aproximar. Ela levantou os olhos inchados e me chamou. Não pelo nome. Apenas sibilou um *por favor*. Li seus lábios, e me aproximei.

Segurei-a pelos cotovelos. Ela tremia como em hipotermia. Fez o maior dos esforços para pegar algo no bolso.

Eram três pulseiras. Como as que costumávamos usar.

— As nossas se desfizeram com o tempo. O tecido não aguentou — disse tão baixo que tive que me aproximar de seus lábios. — Mandei trazerem de Angra. Do mesmo lugar — explicou e esboçou um sorriso. — A gente já foi bem feliz junto, né?

Sorriu.

Amarrou, com imensa dificuldade, uma em seu pulso. Depois, colocou uma no meu. Então, apertou os olhos e tomou coragem para tocar o braço de Lelia. Estava tão fraca que quase não conseguiu erguê-lo para colocar a última das pulseiras.

— Ela ia odiar se soubesse que foi enterrada com isso. Ficou com o gosto muito refinado nos últimos anos — disse, abaixando o braço e colocando-o na mesma posição de antes. — Mas acho que nossa amizade é maior que isso. Vai além da vida. E da morte.

— *"Dura enquanto nossas almas durarem"* — falei.

— Enquanto nossas almas durarem — repetiu.

Eu me afastei e a vi beijar Lelia nos lábios. Uma cena que odiara assistir por tanto tempo, mas que, agora, preferia que não acabasse nunca, só para não ter que admitir que seria pela última vez. Um pouco de batom foi carimbado em Ceci, mas eu não avisei. Ela tinha o direito de levar algo consigo.

Por três horas, recebemos coroas de flores dos quatro cantos do mundo. De amigos, familiares e admiradores da marca de roupas de Lelia. *"Você levou o Brasil para o mundo"*, dizia uma das faixas, *"Eternizada no corpo de milhares de amantes da moda pelo planeta"*, outra. Também recebíamos os cumprimentos e sentimentos de inúmeras pessoas. Não fui capaz de reconhecer um rosto sequer. Estava concentrado demais na dor de meus amados e no que deveria ser resolvido em seguida.

— Sente-se um pouco, amor — pediu Dalila.

— Preciso ficar de olho na porta. Se alguém entrar.

— Eu cuido disso pra você.

— Você está grávida. Deveria se sentar. Não quero perder mais ninguém. Não aguentaria.

Fizemos a marcha fúnebre contra a vontade de minha mãe, que queria partir direto para o enterro. "Para que prolongar a dor?". Ela tinha razão, mas o fiz por Ceci, que parecia alimentar-se de cada último segundo que ainda podia olhar para ela. Ou imaginá-la dentro do caixão.

A cama eterna de Lelia e seus futuros vermes desceu lentamente até o buraco no chão. Ceci se ajoelhava na borda como se quisesse lançar-se junto à escuridão da morte. Debruçava-se como se uma força a chamasse.

Acho que alguém fez uma oração. Não me lembro. Jacó falou algumas palavras. Também minha mãe. Lembro menos ainda o que eles disseram. Eu não disse nada. Nem Ceci. As palavras falhariam conosco. Não seríamos capazes.

Jogamos alguns grãos de terra e mais algumas flores. Aquilo era como uma permissão simbólica para que os próximos quilos de terra a cobrissem.

Com ela, eu enterrava meus sonhos, o brilho da vida e a cor das tardes. Morreu com ela parte essencial do que me mantinha de pé.

Epitáfio. *"Filha, irmã e esposa amada. Honey, when you kill the lights and kiss my eyes, I feel like a person for a moment of my life"*.

Parei de olhar antes que a terra fosse completamente despejada. Busquei por Dalila porque queria ir embora. Queria desabar em algum lugar, mas não a encontrei.

— Você viu Dalila? — perguntei à Evelyn, em alemão, e ela me olhou com uma expressão confusa. Pensei ter errado a pronúncia de alguma palavra, mas era bem pior do que isso.

— Nathan, não se desespere, tá bem? — disse Jacó, se aproximando. — Vai ficar tudo bem.

— Que porra tá acontecendo? Cadê a Dalila? — gritei e Ceci me olhou.

— A bolsa dela estourou. Nosso pai a levou para o hospital.

Não sei dizer que força me manteve acordado até chegar ao hospital-maternidade. Eu estava anestesiado pela dor da improbabilidade. Queria estar irado pela maneira do universo de me destruir aos poucos, mas isso viria depois.

Ceci estava comigo. Também não sei dizer o que deu forças a ela.

— É o papai? — perguntou uma enfermeira, e eu me coloquei de pé.

— Sou eu.

— Está tudo bem. Com a mamãe e com a neném. Elas precisarão ficar um tempo em observação pelo parto antecipado. Sabe se a paciente passou por algum tipo de estresse ultimamente?

— Estávamos no enterro da minha irmã.

— Meus sentimentos, senhor! Foi um procedimento arriscado, mas já está tudo bem. Trouxeram ela a tempo.

Ao ouvir aquilo, só pude pensar no que ainda estava em minhas mãos. Eu não poderia ceder à dor. Eu precisava ser um Nathan para Dalila. E para nossa filha. Não poderia perder mais ninguém. Se não fosse meu pai...

— Como a mãe ainda não acordou, e o senhor que a trouxe não soube me dizer, preciso perguntar: que nome devo colocar na ficha da recém-nascida?

— Lelia — falei. Não tinha discutido a possibilidade com Dalila, mas sabia que ela não contestaria.

— Parabéns, papai! — disse Ceci com a máxima emoção que conseguiu expressar. — Você tem sorte. Lelia estaria orgulhosa.

— Ela também se orgulharia de sua força, Ceci — falei e nos olhamos por um momento.

Era como uma linha amarrando meu olhar ao dela. A tristeza mútua se aprofundava, e ela parecia me arrastar para sua escuridão. Por algum motivo, quis beijá-la. Talvez porque minhas emoções estivessem na maior conturbação e hostilidade que jamais estiveram.

— Eu te amo — ela disse como num último suspiro de vida.

— Eu também te amo — falei.

— Senhor Nathan Bitencourt? — chamou outra enfermeira. — Pode vir ver sua filha se quiser.

Parte treze

Ultimato

Eu deveria ter previsto que entrar pelas portas da internação significaria um adeus. Não havia razão para que Ceci ficasse. Ela já tinha verbalizado que me perdera. Tinha aceitado isso. Não esperaria para que eu voltasse. Não esperaria para ver uma Lelia que não era, nem nunca seria, dela.

Lelia nasceu com os olhos já abertos e pele de cor muito mais semelhante à de Dalila, mas não consegui ficar feliz. Fingi estar. Disse que estava. E quis ficar. Só não consegui. A verdade é que, depois da partida eterna de minha irmã, nunca mais consegui ficar bem.

Quis desistir. Tentei. Tentei acabar com a minha vida, de novo. Mas ainda havia uma Lelia no mundo pela qual valia a pena lutar. Então, voltei a tomar regularmente o Oxinidril. Mesmo assim, nunca mais me senti genuinamente feliz. Nem mesmo quando minha segunda filha nasceu.

Catarina veio ao mundo cinco anos depois do nascimento de Lelia e partida de Lelia. Dalila transformara sua vida numa constante tentativa de tornar a minha melhor. E conseguia. Eu realmente não teria sobrevivido sem ela.

Os episódios de TOC voltaram a acontecer com certa frequência e tinham alguns gatilhos, como o cheiro de bebida alcoólica ou de sexo. Por isso, outra medicação foi incluída na minha rotina. Pelexie. Não sabia exatamente para o que ele servia, mas foi uma recomendação do Dr. Bill, e Dalila disse que eu deveria segui-la. Com a combinação dos fármacos, eu era desprovido de sentimentos. Meus impulsos de

206

autoagressão e ataques de pânico cessaram, mas também a animação, força de vontade e o tesão.

Nesse estado, passei a viver para o trabalho. Se não poderia suprir minha família emocionalmente, no mínimo lhes proporcionaria uma vida farta. Isso fez com que eu crescesse ainda mais dentro da emissora e me tornasse CEO. Logo, minhas responsabilidades exigiam muito mais de minha criatividade do que de minha mão de obra e horas excessivas de dedicação.

Mesmo assim, ainda era muito requerido presencialmente. Então, quando compramos nossa casa no interior do estado do Rio de Janeiro e montamos a clínica obstétrica de Dalila, fui obrigado a assumir uma rotina de regulares viagens para a capital. Eu ficava quatro dias da semana fora de casa, o que não parecia fazer diferença, já que minha presença não causava lá tanto impacto no ambiente familiar.

Nem sei se poderíamos nos denominar assim. Talvez pelo laço sanguíneo. Eu não conhecia minhas filhas e sentia como se as visse crescer por trás de uma redoma de vidro. Tínhamos uma casa, mas não um lar. E eu não conseguia sentir nada sobre isso.

Depois de dez anos nesse mesmo estado, me dei alta dos remédios. Anunciei isso à Dalila. Ela ficou com medo, mas eu disse que, se as coisas ficassem feias, retomaria o tratamento. Ela pediu para que eu mantivesse pelo menos o Adalnilox, e aceitei. Aceitaria qualquer coisa diferente daquela apatia agonizante, não podia ficar daquele jeito para o resto da vida.

Jacó voltou para o Brasil no aniversário de 12 anos de Lelia, e foi a primeira vez que ele conheceu minha caçula. As três primas se deram muito bem e Maya se vangloriava por ser poliglota aos 14 anos.

"Você não parece muito bem, Nathan", disse meu irmão.

"Não estou. Têm notícias de Ceci?", perguntei. Era a única coisa que me trazia qualquer sentimento parecido com a felicidade. Talvez porque aquela Ceci sempre existira somente em minha mente. E meus sonhos sempre foram mais interessantes do que a realidade.

"Ah… ela continua na Alemanha, pelo que sei. Tentou seguir administrando a marca de Lelia, mas não conseguiu. Me ligou há uns três meses anunciando que a venderia."

"Acho que ninguém aprendeu a lidar com a morte dela."

"Não. Não aprendemos."

"E eu tenho um lembrete constante disso", falei me referindo à minha própria filha, que aniversariava no pior dia da minha vida. A celebração de seu nascimento também remoía a morte.

"Você fica assim em todos os aniversários?", questionou Jacó, provavelmente por minha barba mal feita, ossos dos ombros protuberantes e olheiras profundas.

"Isso é só por causa do desmame dos meus remédios. O que eu sinto de ruim fica só dentro de mim."

"Sua filha não merece isso. Nem Dalila. Não é culpa de nenhuma delas."

"Eu sei. Eu tô dando o meu melhor. Por mais que não pareça". Não parecia naquele dia porque eu não conseguia anular o vazio que minha irmã deixara em mim. Também não pareceu nos dez anos anteriores porque os remédios me tiraram qualquer variação emocional, tanto para o bem quanto para o mal. Eu só estava sempre igual.

Meus pais já estavam velhos, mais de cabeça do que de idade. Ainda moravam no mesmo apartamento em São Paulo e passaram a casa de praia para o meu nome. Nunca levei minhas filhas a Angra dos Reis. Aquele lugar, aquela casa, aquela praia. Estava tudo contaminado demais por Ceci. Assim como fizera comigo, ela se aderiu a cada centímetro daquela cidade de forma indissociável. Uma doença sem cura. Os fantasmas de Ceci e Lelia a assombravam.

Não fiz nada com a casa. Não vendi. Muito menos a visitei. Ficou abandonada junto com os sonhos e o brilho que um dia a enfeitaram.

Também nunca mais escrevi. Eu tinha as ideias e as comunicava, apenas. Parecia que unir palavras em sentenças minimamente admiráveis havia se tornado uma habilidade do meu eu passado. Eu ganhava muito por minhas ideias enquanto minhas palavras eram esquecidas.

No dia vinte e três de julho, treze anos depois de Lelia, recebi uma ligação. Um vizinho de Angra me informou que a maré subira de tal forma a engolir as casas daquela praia. O mar as tornou inúteis. Ele disse que tentava contato comigo há meses, quando ainda havia tempo hábil para salvar alguma coisa. Àquela altura, o oceano já havia tomado conta de todo o primeiro andar e seria quase impossível tentar recuperar itens no segundo. A notícia não me entristeceu.

Aquela ação da natureza, ou do universo, foi bem simbólica. A casa seria soterrada com a maioria das memórias de Ceci. E Lelia. E dos verões. Coisas que eu não queria, e nunca mais precisaria, compartilhar com ninguém.

Cada memória era um encontro. Um encontro com o Nathan que podia se dar ao luxo de ser doente. Um encontro com uma vida que abria margem para uma série de contestações. Foi vivida ou não? Que parte dessa vida era minha? Que parte foi levada pelo mar porque realmente esteve lá e que parte não foi porque nunca saiu do mundo das ideias?

Fui a Angra na primeira oportunidade que tive. Sozinho. Precisava ver com os meus próprios olhos o tamanho da destruição. À primeira vista, a casa parecia estar exatamente igual ao que sempre foi, mas, ao se aproximar, já se podia sentir o cheiro salgado inebriante. Não era possível descer a escada até o fim sem molhar os pés.

Entrei até a cintura e o local era irreconhecível. As paredes estavam podres e pareciam moles. Não se via nenhum móvel senão o topo da bancada da cozinha. A varanda já era totalmente mar.

Eu não havia decidido ir até lá apenas para me torturar com o fato de que outra parte da minha vida tinha sido exterminada, também precisava me livrar de algo. A pulseira da amizade puída e pútrida.

Por mais que ela representasse Lelia, também representava Ceci, e eu queria viver com o mínimo de resíduos de Ceci o possível.

Lelia poderia levar a sua para eternidade, porque seu amor pelos dois outros elos da amizade permaneceria inabalável. Meu amor por Ceci existia e se estenderia pela eternidade, mas eu queria suprimi-lo o quanto pudesse. E uma pulseira de união a ela guardada debaixo do travesseiro não ajudava.

Eu já a havia mantido por tempo suficiente para saber que aquilo não me aproximaria de Ceci. Nem de Lelia. Muito menos traria alguma das duas de volta. Por isso, joguei-a no mar.

Dalila era a esposa mais dedicada que já existiu. Garanto. O amor dela era tão real que era gratuito. Queria poder ter nascido em uma conformação genética diferente na qual fosse capaz de dar-lhe mais do que um coração doente e uma conta bancária abastada. Ela nunca perdeu a esperança. E seu olhar nunca perdeu o brilho. Sempre altivo.

"Eu escolhi te amar, Nathan. Simples assim", respondeu certa vez em que eu a questionara sobre o porquê de ela ainda estar ao meu lado depois daquilo tudo.

"Isso é só burrice da sua parte. Porque eu não mereço isso."

"Não é sobre merecer ou não. Meu amor é incondicional. Você me fez e faz mais feliz do que eu jamais seria se nunca tivesse te encontrado. Você fez comigo as duas coisas mais preciosas da minha vida. Não seriam elas se não fosse você. E tudo que eu faço, todas as minhas insistências com os seus tratamentos são apenas para o *seu* bem, porque quero que volte a ver o mundo com cor. Quero que enxergue a nossa vida com a felicidade que eu enxergo. Quero que volte a me amar e que possa aprender a amar nossas filhas."

Não era como se eu não amasse. Eu amava. Mas nem de longe como elas mereciam. Por mais que eu fosse um Nathan para Dalila, Lelia e Catarina — já que não o podia ser para mais ninguém —, ainda era pouco. Todo o meu ser ainda era insuficiente, e minha forma de amar era medíocre. Queria poder amá-las como ainda amava Ceci. Era obsessivo, mas poderia fazê-las se sentirem mais especiais.

Eu tinha 50 anos quando recebi outra ligação inesperada. Aparentemente, teríamos a presença, em um programa noturno da emissora, de uma escritora brasileira que morara por muitos anos fora do país. O inusitado era que a escritora havia determinado que só daria a entrevista se o roteiro fosse escrito por mim. Ela tinha me requisitado especificamente. Nome e sobrenome.

Essa função não me era mais incumbida há anos. Costumava ser trabalho de pessoas de cargos muito abaixo do meu, mas me fora dito que a tal escritora era muito famosa e que dois de seus cinco livros já publicados haviam sido best-sellers. Ela escrevia em português, mas suas obras já estavam disponíveis em mais de onze línguas. A entrevista meio que ajudaria a alavancar o programa que há tempos não tinha tantos pontos de audiência.

Eu me perguntei por muitos dias o porquê. Por que uma escritora aleatória faria tanta questão de ter uma entrevista roteirizada por mim? Afinal, apesar de ter ficado conhecido no ramo, eu nunca tinha me destacado naquela área. Escrevi roteiros por alguns anos, mas ganhei destaque depois e em outra função.

Foi só quando recebi em minha casa um exemplar do livro da autora que as coisas fizeram sentido. *A verdade sobre você*, de *Ceci Habello*. Meu coração pulou uma batida quando terminei de ler o seu nome. Achei que meus olhos estavam me enganando. Que, por algum motivo químico ou neurológico, eu estivesse voltando a alucinar — o que não acontecia há pelo menos uma década. Mas era ela mesmo. Ceci. Minha Ceci.

Eu me tranquei no escritório e devorei as 335 páginas em um só dia. Eu me alimentei de cada palavra e expressão ambígua que Ceci usava para falar sobre o amor. Um amor que era indefinido. A história era genérica. Sobre uma garota bissexual que se apaixonava por alguém. Um alguém sem nome ou gênero. Não por opção desse alguém, mas por opção da autora.

Ceci escrevera um livro inteiro sobre se apaixonar por alguém, e eu não sabia se ele falava sobre mim ou Lelia.

Não era uma questão de ego. Ou de querer que fosse sobre mim. Eu já era velho demais para tentar criar uma narrativa juvenil em que Ceci admitiria sempre ter sido apaixonada por mim. A dúvida morava na simples indefinição da pessoa com quem a protagonista se relacionava. Não havia um pronome sequer, nem descrição física, ou nome, muito menos um *ele* ou *ela*. Simplesmente não dava para saber.

Era uma jogada interessante. Eu nunca tinha visto algo parecido. Mas não era tão legal se eu pensasse que poderia ser sobre mim. Muitas das situações narradas e o trajeto da história eram claramente inventados, a meu ver. Porém, aquelas poderiam ser referências a situações que ela passara com Lelia e que eu não sabia. No entanto, podia identificar, por diversas vezes, coisas que nós vivemos. *Nós* como eu, Lelia e ela. E *nós* como só eu e ela. Como a situação dos girassóis no posto do salva-vidas.

O final não ajudava a esclarecer nenhuma de minhas dúvidas. O casal não terminava junto, porque o alguém ia embora. Mas a metáfora que ela usara para descrever essa partida podia ser interpretada como se o alguém tivesse morrido ou a trocado por outra pessoa.

Quando finalizei a leitura, parti para a pesquisa. Precisava entender mais sobre sua carreira para construir o roteiro. Era assim que eu costumava fazer, mas o fiz também porque meu coração pulsava por saber mais sobre ela. Por onde andara. O que fizera.

Durante todos aqueles anos, eu havia me educado a não pesquisar sobre Ceci. Já bastava toda a minha ineficiência como pai e marido. Não podia fazer isso à Dalila. Não depois de todo seu amor e dedicação. Sabia o quanto ficaria arrasada se descobrisse, por mais bem resolvida que fosse sobre esse assunto. Qualquer notícia sobre Ceci vinha de surpresa em alguma conversa com Jacó ou meus pais — ou quando eu resolvia fazer perguntas.

Ceci havia publicado cinco livros antes daquele nos últimos dez anos. Todos eram thrillers. *A VERDADE SOBRE VOCÊ*, no entanto, era *"de certa forma, tão autobiográfico quanto crível"* e *"a obra mais visceral que já escrevi"*, dizia Ceci em alguns portais de notícia alemães. *"Não. Não gostaria de revelar sobre quem eu falo no livro. Perderia toda a graça. Também não foi esse o objetivo. Criar uma onda de fofoca. Eu só quis abrir meu coração para alguém além da minha terapeuta"*, disse a um repórter brasileiro.

Não havia se casado. Sequer arrumado um namorado ou namorada. Ao menos, não foi registrado nada a respeito na internet ou em suas redes sociais. Tinha cinco gatos e morava em Amsterdã depois de uma temporada de três anos nos Estados Unidos. Sem filhos. Ainda sem família.

Ceci manteve o cabelo curtinho, e o loiro se espalhara por todos os fios. Uma franjinha trazia um ar de jovialidade que brigava com seu rosto maduro. Não tinha muitas linhas de expressões, mas a ruga da tristeza estava ali. Os olhos verdes marcantes também. Sorri ao notar que ela recuperara seu brilho antes apagado.

Montei as perguntas como se soubesse tudo sobre ela, mas, ao mesmo tempo, como se tivesse acabado de conhecê-la. Não eram muitas. Perguntaria um pouco sobre o seu lançamento e próximos projetos. Não quis incluir perguntas sobre sua vida pessoal. Ela parecia não gostar quando faziam isso. A não ser pela última. Essa era mais pessoal do que qualquer outra que eu pudesse pensar.

Enviei para os produtores do programa com a certeza de que seria aprovado. Então, viajei para a capital. Não podia acompanhar aquela entrevista só pela televisão. Por mais que minha presença no estúdio não tivesse sido requisitada, eu precisava ir. Precisava vê-la. Precisava perguntar-lhe sobre um milhão de coisas.

Eu suava muito nos bastidores e me escondi atrás da plateia para assistir ao programa ao vivo. Torci para que ela não olhasse. Por mais diferente que eu estivesse, com a barba preenchida e cabelo grisalho, temia que meu olhar me entregasse.

Assisti-a entrar no palco e sentar-se em uma das cadeiras dos convidados. Poucos minutos depois, a apresentadora começou as perguntas. Minhas perguntas. Muitas das quais eu não queria realmente saber a resposta. Apenas uma me importava: a última.

Vê-la quase me pareceu outro sonho. O jeito como se movimentava e ria era o mesmo. Seu corpo mal se alterara, e sua energia era igualmente contagiante. Não dava para acreditar que eu realmente estava tão perto dela de novo. Vinte anos depois. Eu cheguei a achar que a havia perdido para sempre. Que ela só seria palpável em minhas memórias.

Ceci respondia a todas as perguntas com a naturalidade de quem fazia isso há anos. A entrevistadora, no entanto, parecia desconfortável ao olhar para seu cartão, e eu podia imaginar por quê. Era a última pergunta. Que parecia totalmente deslocada de contexto, mas ela sabia que tinha que fazê-la porque o programa não era seu, ela só seguia ordens.

— E é por isso que eu admiro tanto seu trabalho! Se arriscar com uma coisa nova depois de tanto tempo no mercado escrevendo no mesmo nicho...

— Foi desafiador, mas já era uma história pronta. Que estava presa dentro de mim. Eu precisava compartilhar com o mundo.

— E já que você começou a escrever romances agora, pretende escrever algum sobre casamento?

— Bom... não sei. Acho que só se eu sentisse muito uma urgência de contar algo a respeito, mas acho que eu precisaria viver a experiência de ser casada primeiro — respondeu rindo.

— Você já conseguiu pegar o buquê em algum casamento?

— Nunca. Talvez seja por isso que ainda não me casei. — Riu.

— E você roubaria o buquê de alguém para quebrar essa *maldição*?

Esperta. Não era bem essa a última pergunta, mas serviria.

— Certamente. Ainda mais se alguém desse mole. Tipo deixando no parapeito da janela — respondeu e depois olhou para a plateia, que ria. Ceci me viu.

Não só me viu como me reconheceu. E sorriu. E não voltou a encarar-me até o final do programa.

Quando saí do estúdio, fui correndo até o camarim. Ela não podia escapar de novo. Aquela resposta só podia significar que ela aparecera à noite em meu quarto no dia do casamento de Jacó, certo? Senão, o que mais indicaria?

Eu queria perguntar isso e mais centenas de outras coisas. No fim, se a história do buquê fosse confirmada, não faria tanta diferença, porque ainda havia muitas incógnitas. Também porque eu não poderia fazer nada com suas respostas. Não dava para voltar no tempo e mudar as coisas. Também não podia mudar a trajetória dali para frente.

Cheguei ao que seria seu camarim, mas estava vazio. Senti raiva por um segundo. Tristeza. Não era possível que ela iria embora sem dizer nada. Isso só acontecia nos meus antigos sonhos.

— Nathan? — chamou-me a voz feminina no final do corredor. A voz tinha o mesmo timbre, mas os anos de idade se mostravam bem presentes. Virei-me para encará-la.

Não pensei muito e fui em sua direção. Sem correr ou manifestar meu nervosismo. Abracei-a antes de responder quem eu era. Acho que o abraço mostraria tudo, porque era o nosso abraço de sempre — nele estávamos no mesmo lugar, só em outro tempo.

— Senti sua falta também — ela disse, sem me soltar.

— Vamos jantar? — perguntei. Sem cumprimentos ou protocolos. A gente não precisava disso.

Fomos de táxi até um restaurante japonês no Leblon com o silêncio permeando o ar. Sentia as palmas das mãos suarem e não conseguia evitar ajeitar a barba a cada minuto. Tentava fugir de um episódio de pânico. Vê-la daquela vez não era como antes. Uma vida inteira nos separava.

— Vinte anos... — ela disse quando já estávamos sentados na mesa.

— Faz isso tudo?

— Não reparou? — perguntou, olhando por cima do cardápio.

A noite estava quente e úmida. As luzes amareladas contornavam seu cabelo e seus traços como um sol poente. Eu podia sentir sua fragrância à distância. Não era frutal ou adocicada. Não era jovial. Era uma mistura de cheiro de boutique e gente culta. Usava um terninho risca de giz por cima de uma regata branca semitransparente. Não usava mais a aliança de noivado que Lelia tinha dado. Era quase como se eu tivesse que pedir permissão para sentar-me com ela. Ceci tinha postura de alguém importante. Eu me sentia como se prestes a entrevistar o presidente.

— O tempo passa rápido quando se tem filhos... — falei e logo me arrependi. Eu só queria introduzir algum assunto mais pessoal para que ela também pudesse fazê-lo, mas só soou ofensivo.

— É. Eu não saberia como discordar de você — respondeu, voltando a encarar o menu.

— Como andam as coisas? — disse, tentando amenizar o clima.

— Bem. Andam bem — falou, depois de um longo suspiro. — Mas vamos cortar o papo furado — completou e eu gelei.

— Minha dúvida foi genuína.

— Sim, sim. Tá! Mas que pergunta foi aquela?

— Sobre o buquê?

É claro que seria sobre o buquê.

— É claro que é sobre o buquê.

— É que... teve uma situação. No casamento do Jacó... — eu tentava pensar em uma maneira de abordar o assunto sem denunciar o que eu tinha visto. — O buquê que Dalila pegou. Sumiu.

— Fui eu mesma que peguei — disse e fez uma pausa dramática. — Ou esperava que eu o visse caído do lado de fora da janela e deixasse lá?

— Foi isso que aconteceu?

— Bom, o que aconteceu para ele estar jogado no gramado eu não sei. Mas estava lá, e eu peguei. Ela ficou tão brava assim? Pra você se lembrar disso até hoje?

— Ela não ficou brava. Só não sabíamos o que tinha acontecido. Ainda mais porque eu tinha ouvido uns barulhos à noite...

— Ah, pode ter sido eu.

— No meu quarto?

— NÃO — disse com veemência e rapidez. — Não. No meu quarto. Eu bati a porta do banheiro sem querer.

— No meio da madrugada?

— Já era manhã.

— Entendi — falei, mesmo sem conseguir levar sua versão muito a sério. Não dava para contestá-la sem admitir minha insanidade no processo. — Por que pediu que eu montasse a entrevista?

— Não está óbvio? — permaneci em silêncio e ela prosseguiu. — Por mais que os anos passem, você ainda é uma das pessoas que mais me conhece. Ou conheceu. Não tinha ninguém melhor para me fazer perguntas.

De fato, Ceci. Eu tenho muitas perguntas a fazer.

— Fiquei muito tempo sem notícias suas para alguém que te conhece tão bem assim...

— Nathan, você tem que entender. Eu... eu não consigo olhar pra você sem lembrar dela. Não dá. Ainda hoje me causa uma sensação horrível. Vocês são muito parecidos...

— Sim, eu sei — falei sem muitas condolências. Eu estava impaciente. Depois de tanto tempo e tantas incertezas, precisava de respostas concretas. — Se lembra do dia do meu casamento?

— Claro que lembro...

— Você me escreveu algo? Uma carta, bilhete, algo assim?

— Junto com o presente?

— Não, Ceci! — Eu tentava não levantar o tom de voz. Queria sacudi-la. Queria que ela vomitasse todas as palavras entaladas. Queria que ela me desse um atestado de sanidade. — Pra mim. Colocou no meu bolso...

— Não consigo me lembrar...

— Tente! — disse batendo com o punho na mesa, e ela piscou impressionada.

— Nathan, o que tá acontecendo aqui? — perguntou.

O garçom começou a servir nossos respectivos pedidos, e um longo minuto de silêncio se estendeu. Um desconforto se entranhava no ar, e eu sentia cada músculo de minha face ficar mais tenso à medida que os segundos passavam. Pareciam infinitamente mais lentos que o normal, mas aquilo me ajudou a pensar um pouco antes de continuar aquela conversa. Eu não conseguiria arrancar nada dela pela força ou pressão. Precisava que ela quisesse me contar.

Talvez bastasse ser honesto. Uma vez na vida.

— O que está acontecendo, Ceci, é que meu cérebro não é normal. Não funciona como o seu. Eu costumava ver coisas que não estavam lá. Ouvir coisas que não eram ditas. E você... Eu e você. É meu ponto cego. A coisa que eu mais tinha dificuldade de distinguir.

— Eu sei disso, Nathan. Sei de tudo. Não pense que só você me conhece muito bem.

— Então me diga!

— Te dizer o quê? Você quer mesmo saber a verdade? Desmanchar, remodelar ou reafirmar? Que diferença faria? Nada vai mudar!

— Eu preciso saber! Preciso saber se sou tão louco quanto sempre me disseram.

— Se é isso que você quer saber, Nathan, então não, você não é louco. Porque não existe esse tipo de coisa. Seu jeito de olhar o mundo é diferente. Só isso.

— Então quer dizer que foi tudo sempre verdade?

— Foi verdade pra você?

— Sim.

— Então, sim.

— Ainda não faz sentido pra mim, porque, se o bilhete não existiu, e o buquê...

— Nathan, qual a graça se você começar a desmistificar tudo? Veja o meu livro, por exemplo. Existe um alguém. Existe uma inspiração real para o interesse amoroso da protagonista. Mas qual a graça se eu disser ao mundo quem é? O encanto está na dúvida, *no ponto cego*, como você disse. Em avaliar cada circunstância e ver o que se aproxima mais da possível realidade.

— Se fosse tudo verdade, você me diria?

— Não.

— E se fosse tudo mentira?

— Também não.

— Porra, Ceci!

— Pergunte a si mesmo, Nathan. Você quer saber?

A verdade factual era que não, eu não queria saber. Porque a narrativa que minha mente criou durante anos era muito mais interessante do que a possível verdade factual. Se eu descobrisse que tudo havia sido apenas a manifestação de minha doença, seria tão frustrante quanto ter uma confirmação de que meu imaginário nunca fora perturbado e que, sim, foi tudo real. Sim, eu perdi a oportunidade de amar Ceci. O que faria com qualquer uma das duas informações?

Eram extremos que eu não queria explorar. Lugares para os quais eu não queria ir. Verdades que eu queria que fossem apenas verdades. Não queria que fossem rotuladas, classificadas e elucidadas, porque nada poderia ser feito a respeito delas.

— Tem uma coisa que preciso saber.

— Pode perguntar — ela disse, olhando para fora do restaurante. Começara a chover.

— Você me amou de verdade? — perguntei relutante. Eu queria saber, mas só se a resposta fosse sim. Aquilo também não mudaria nada, mas me ajudaria a conviver com o pedaço adormecido em mim que ainda a amava.

— Sim. Sempre te amei — respondeu sem me encarar. — Não preciso mentir sobre isso.

— E precisa mentir sobre o resto?

— Algumas mentiras valem à pena. A vida é sempre mais interessante na nossa cabeça.

Suspirou profundamente e colocou-se de pé. Não havia tocado em sua comida, mas limpou os lábios com o guardanapo, transferindo um tanto de batom vermelho para ele.

— Foi bom te ver, N — disse e se retirou da mesa.

Eu não podia impedi-la. Por mais que quisesse. Queria segurá-la nos braços e pedir para que ficasse. Para que se acolhesse em meu abraço. Se reconfortasse em meu corpo. Minha pérola. Queria que seu coração continuasse batendo perto do meu. Queria jogar tudo fora e segui-la. Foda-se. Ela podia ser minha nova família.

Mas não podia.

Não podia destruir mais vidas. Mais aniversários. Mais festas. Mais rotinas. Mais histórias.

Então, pela janela, a vi partir pela última vez. A chuva tocava-a em lugares que eu nunca tivera a oportunidade e colava seu cabelo à cabeça. Ela andava tranquilamente como se a água não a incomodasse. Um táxi parou, e ela entrou, saindo de vez do meu campo de visão. Não olhou para trás. Não acenou. E, quando finalmente a porta se fechou, parecia que eu tinha acabado de acordar de um sonho.

Só desviei o olhar quando senti meu celular tremer no bolso. Era uma mensagem de Dalila.

"Você deixou sua cartela de Adalnilox aqui. Por que não me disse que tinha parado de tomar?"

Ignorei e voltei a encarar a chuva. Como se, ao me concentrar naquilo, eu pudesse impedir que o momento passasse.

Eu quis alucinar. Quis imaginá-la correndo de volta para o restaurante. Quis enxergá-la emergindo dentre os pedestres e sorrindo para mim. E eu a vi. Porque minha mente ainda podia fazer essas coisas. Mas também fazia questão de me lembrar da única verdade, inegavelmente factual, sobre Ceci: eu e ela nunca ficaríamos juntos. Porque ela não queria. Ou porque eu não queria. Ou porque machucaríamos muita gente. Ou porque a Ceci que eu queria nem existia. Independente dos fatores motivadores, o resultado seria o mesmo.

— Senhor? — chamou-me o garçom. — Já vamos fechar o restaurante. Posso trazer a conta?

— Claro, traga sim.

Só meus pratos estavam na mesma. Os de Ceci haviam sumido. Talvez porque haviam sido retirados. Talvez porque nunca existiram. Seus indícios desapareceram com ela, como sempre acontecia.

A nota também indicava apenas o meu pedido. Talvez porque ela já havia pagado o seu. Ou talvez porque ela nunca estivera ali de fato.

Ao recolher os itens da mesa, avistei a dualidade e entendi sobre o que Ceci havia falado. Na bandeja do garçom, um papel machado de vermelho. Foi rápido. Podia ser o molho. Ou a luz. Mas eu queria acreditar que era batom. Porque a história era muito mais interessante assim.

Afinal, desde sempre, existiram verdades que eu quis ignorar. Outras, decidi criar. Mas não deixavam de ser verdade. Mesmo com as dúvidas que nunca foram claramente respondidas, fui capaz de encontrar paz na dualidade. Não gastaria mais tempo revolvendo possibilidades e incertezas. Se eu senti, existiu. Se eu vi, existiu. Essa era a minha verdade.

Uma verdade que ia além da vida.

E da morte.

Enquanto nossas almas durarem.

Fim.

Epílogo

Eu estava tão frágil quando te vi. Achei que iria quebrar. Quebrar-me em mil pedacinhos, mas eu não ligaria, contanto que me colasse de volta. Ver tua pele branca brilhando no sol me tirava o fôlego, e eu quis me aproximar. Quis ser da tua família. Chamar de minha.

Você olhou para mim e sorriu como se soubesse exatamente o que se passava na minha mente. Como se já pudesse ler minhas intenções. E eu já tinha arrancado toda a tua roupa em minha mente. Vi tuas curvas e nuances com atenção estudiosa. Quis que fosse meu o teu corpo. Quis que fosse minha a tua risada.

Mas não foi naquele verão que conversamos pela primeira vez. E, por mais tradicional que sua família fosse na cidade, cheguei a duvidar que te veria novamente. Parte porque eu não costumava ter sorte nessas coisas. Parte porque você quase me pareceu um sonho.

Impressionou-me ver que, um ano depois, eu ainda me derretia por você. Sem nem mesmo saber seu nome.

Você quem veio me dizer oi, e eu não sabia se tremia de nervosismo ou tristeza pelas palavras ríspidas que havia acabado de ouvir. E seu oi foi tão suave. O contraste era tão óbvio. Quis mergulhar de cabeça em você e na sua excentricidade. Quis me inserir por debaixo da tua pele.

E a partir dali criamos um universo paralelo. Um galho na árvore de possibilidades infinitas. A melhor das realidades nos permitia finalizar a vida lado a lado. E, por mais que a realidade em que meu eu consciente mora não seja essa, é para lá que eu vou quando sinto sua falta. Porque ainda existimos juntos em algum lugar no espaço-tempo.

A verdade sobre você, Ceci Habello

Agradecimentos

Confesso que não sabia aonde queria chegar quando comecei a escrever este livro. Só sabia de uma coisa: queria um final aberto.

Eu sei, eu sei. Não é todo mundo que gosta e, por ser um livro único, acaba deixando muitos leitores com aquela sensação de ciclo inconcluído. Porém, à medida que fui desenvolvendo o personagem Nathan, a escolha por um final não definitivo pareceu fazer cada vez mais sentido.

Orgulho-me muito do que fui capaz de fazer com uma ideia na cabeça e uma inspiração em *Verity*, de Colleen Hoover. Nathan é um dos personagens fictícios mais complexos, geniais e imprevisíveis que já encontrei na vida — modéstia à parte. Sinto como se o conhecesse na vida real.

Com um protagonista como esse, queria instigar o leitor a sentir sentimentos, também, duais — tudo neste livro é propositalmente dual, na verdade. Queria que sentissem pena e, imediatamente depois, uma raiva gutural.

Ceci é minha musa. Acho que passei a adorá-la tanto quanto todos à sua volta parecem adorá-la. Ela é tão contagiante e magnética. Não à toa seu nome está no título do livro, que também é propositalmente dual.

É claro que nenhuma parte de todo esse processo seria possível sem meus pilares.

O principal e mais forte deles: o meu Deus. É Ele quem me permite borbulhar de ideias de madrugada e abre todas as portas pelas quais devo entrar. Toda a glória a Ele!

Aos meus pais, meus maiores apoiadores e financiadores, minha gratidão estratosférica. Sem vocês, não sou.

Também quero agradecer imensamente às minhas leitoras betas, que me deram o impulso de confiança de que precisava para publicar esta obra.

Por fim, aos meus amigos, agradeço o amor, o incentivo e a inspiração. Afinal, a maioria dos meus personagens tem pedacinhos de vocês, mas eu me recuso a revelar quais.

Ah! Quase me esqueci de contar! A casa dos Bitencourt, em Angra, foi inspirada na casa que minha avó paterna tinha/tem em Itanhaém — SP. Nunca vivi um amor de verão lá, mas acho que ela também foi parcialmente engolida pela maré. Não sei. Nunca mais voltei lá.